사랑해도 너무 사랑해

네 인생이 너에게 최고의 놀이였으면 좋겠다

'넌 언제 가장 행복하니?' 오늘 밤, 아이가 잠들기 전 물어보세요. 그리고 말해보세요

사랑해도 너무 사랑해

네 인생이 너에게 최고의 놀이였으면 좋겠다

Res te imam rada, res!

강병융
강태희
지음

지콜론북

Contents.

Prologue 006

서울에서 태어나다 2004. 10 ~ 2008. 06

서울에서 태희가 010 • 제 딸의 이름은 강다롱입니다 013 • 아빠 마음대로 태교동화 016 • 태어나지도 않은 딸에게 전하는 엄마의 사과 018 • 콘 헤드 혹은 고구마의 탄생 022 • 아프지만 또 안고 싶어 026 • 아빠 무릎 위에서 터진 첫 번째 웃음 029 • 아기 돌보기 시간표 032 • 할아버지, 할머니, 엄마 그리고 아저씨 035 • 공동육아와 시장골목 038 • 한겨울에 수영복 043 • 전화기 속으로 들어갈래요 047 • 꿈과 토끼와 발레리나 049 • 스크린 너머로 생일 축하합니다 053 • [인터뷰] 태희에게 묻겠습니다: 공동육아 편 055

모스크바는 춥지만 멋져 2008. 06 ~ 2010. 05

모스크바에서 태희가 064 • 딸 그리고 바실리 성당 067 • 한글학교에서 유일하게 한글을 모르는 한국인 070 • 인생이 뭐냐고 물으신다면 075 • 썰매를 타고 달리는 기분을 표현한 노래 077 • 먹보가 생각하는 배의 의미 081 • 뽀뽀의 기술 084 • 휴지통을 뒤지는 딸 088 • 아빠가 죽으면 어쩌지 092 • 엘리베이터에서는 밝힐 수 없는 '참' 좋은 이유 098 • 진짜로 아빠의 삶이 영원할 수 있다면 101 • 이것이야말로 바로 진짜 선물 105 • 화장실 좀 만들어 주세요 109 • 큰맘 먹고 간 아프리카 여행의 기억 112 • [인터뷰] 태희에게 묻겠습니다: 모스크바 생활 편 118

다시 서울 2010. 05 ~ 2013. 06

다시 서울에서 태희가 126 • 할아버지의 행차 129 • 왕따의 추억 133 • 아무리 그래도 0점은 좀 136 • 2학년 2반 회장님 139 • 창피할 게 뭐 있어? 142 • 정확도 0 145 • 식성은 다르지만 괜찮아 148 • 개콘 단체 관람 151 • 딸이라는 이름의 안경 154 • 사랑해도 너무 사랑해 161 • 아빠(가 가장 많이 하는) 말 165 • 무겁지 않은 아령 167 • [인터뷰] 태희에게 묻겠습니다: 가족사랑 편 170

작지만 아름다운 도시, 류블랴나 2013. 06 ~ 2016…

류블랴나에서 태희가 178 • 여름학교 182 • 키신이 누구? 187 • 장구치고, 징을 치고, 노래하고 191 • 달걀을 던지고 싶은 사람 195 • 이기적인 아빠 197 • 블레드 호수에서 인형 놀이를 200 • 세월호 그리고 함께 죽음 204 • BFF, 베스트 프렌드 포에버 207 • 수학 천재의 등장 211 • 같이 뛰는 마라톤 214 • 비 오는 날 218 • 슬로베니아식 생일 축하 222 • 에곤 실레는 괜찮아요 226 • 그림에 소질 234 • 성적표의 의미 238 • 스쿠터를 타고 느끼는 바람 241 • 수영의 중요성 244 • 미니언이니까 괜찮아 249 • 여행의 의미 255 • [인터뷰] 태희에게 묻겠습니다: 슬로베니아 학교생활 편 260

Epilogue 266

Prologue.

'딸바보' 아빠에게

아빠! 아빠는 늘 스스로 '딸등신(?)'이라고 하지만 그건 너무 심한 것 같아서, 오늘은 그냥 '딸바보'라고 부를게.
나야, 아빠 딸, 강.태.희. 항상 "태희는 누구 딸이지?"라고 묻는 아빠를 위한 특별한 대답. 나는 아빠 딸!

처음에 아빠가 함께 책을 써보자고 했을 때 믿을 수 없었어.
정말 할 수 있을까? 걱정이 많이 되었어. 내가 정말 쓸 수 있을까도 걱정이 되었지만, 다른 사람들이 내 이야기를 좋아하지 않을 것 같아 떨리기도 했어. 하지만 한 자 한 자 쓰면서 너무 신기하고 놀라웠어.
그리고 아빠와 함께 작업하면서 아빠의 사랑도 더 많이 느낄 수 있었어. 진짜 행복한 시간이었어. 고마워, 아빠.

더욱 놀라웠던 것은 아빠에 대해 더 많이 알게 되었다는 것이야.
그리고 더더욱 놀라웠던 것은 나에 대해서도 더 알게 된 거야.
같이 쓰고 다시 읽어보면서 '(내가) 참 재미있게 살았구나!'라는 생각이 들었어. 돌이켜보니, 내 짧은 인생 동안 참 다양한 경험을 했다는 것도 알게 되었어. 그래서 '나는 원래 이런 사람이구나'라는 생각도 하게 되었어.

고마워, 아빠.
같이 쓰면서, 또 인터뷰할 때 투정도 부리고 쓰기 싫어 도망도 가고 짜증도 많이 냈는데, 웃어줘서. 이렇게 아빠와 이번 작업을 무사히 끝낸 것이 정말 자랑스러워. 가장 자랑스러운 일 중 하나야. 물론, 가장 가장 가장 자랑스러운 건 아빠와 엄마의 딸로 태어난 거지만.

아빠, 사람들이 우리 책을 많이 읽어줬으면 좋겠어. 독자들이 우리의 글을 읽고 조금이나마 행복해졌으면 좋겠어. 많이 웃어줬으면 정말 좋겠어. 그리고 우리처럼 다들 행복했으면 좋겠어.

'내' 아빠라서 너무 고마워. 그리고 항상 사랑해.
사랑해도 너무 사랑해.

2016년 3월 류블랴나에서
강태희

추신. 아빠, 책 만드는데 고생하셨던 분들께 꼭 고맙다는 말씀 전해줘. 잊지 말고!

서울에서 태어나다

2004. 10
~
2008. 06

이름도 물론 중요하지만,

이름보다 중요한 것은 '너' 자신이란다.

'너'를 만드는 것은

너를 부르는 사람이 아니야.

바로 '너' 자신이란다.

서울에서 태희가

제 이름은 강태희입니다.
2004년 10월 1일, 국군의 날에 강남에 있는 삼성서울병원에서 태어났어요.

엄마는 제가 태어나자마자 아빠에게 예쁘냐고 물어봤는데, 아빠는 저를 보고 (자기를 닮지 않았다고) 못생겼다고 했대요. 나중에 들은 얘기로는 '외계인'같이 생겼다고 했대요. 제 생각에 '갓난아기 태희'는 아주 귀여웠을 것 같은데. 하지만 나중에 사진을 보고 나서 생각이 달라졌지요.

정말 참 못났더라고요.

저는 '강남' 대치동이라는 동네에서 태어났지만 그곳에 대한 기억이 하나도 없어요. 그래서 엄마나 아빠가 (자랑스러운 목소리로) "우리가 '강남'에 살 때는"이라며 이야기를 하면 정말 신기하답니다.
조금 웃기기도 하고요. '강남'에서 태어난 것이 뭐 그렇게 대단한 일이라고.

그다음엔 대치동에서 중곡동으로 이사했어요.
이사 간 후에도 제가 기억할 수 없는 일들이 많았

나 봐요. 예를 들면 '어린 태희'가 혼자 앞머리를 자르고 자랑스러워한 이야기, 잠을 자지 않고 놀고 싶다고 우겨서 결국 밤 12시에 엄마와 동네 놀이터에 간 이야기 그리고 잠자기 싫다고 너무나도 서럽게 울어서 가족들을 놀라게 한 이야기, 큰이모 소개팅에 눈치 없이 따라간 이야기 등.

중곡동으로 이사를 한 뒤 아빠는 공부하러 모스크바로 떠났고 저는 세 살 때부터 '공동육아' 어린이집을 다녔어요. 저는 어린이집을 참 좋아했어요. 친구들과 함께 놀고, 먹고, 자고.
빨리 집으로 데려가고 싶은 엄마 마음도 몰라주고, 항상 어린이집에 끝까지 남아 노는 어린이였어요. 하원을 싫어하는 어린이였답니다. 저는 그렇게 '즐거운' 어린이집에서 즐거운 시간을 보냈어요. (제가 다녔던 공동육아 어린이집 이름이 '즐거운'이었답니다.)

아빠가 모스크바로 공부하러 간 뒤로 저는 중곡동에서 엄마, 외할아버지, 외할머니, 이모들이랑 함께 살았어요. 가족들의 사랑을 정말 정말 듬뿍 받았어요. 그때는 (외사촌) 동생들도 없었기 때문에 제가 사랑을 완전히 독차지했지요. 이모들에게 거의 매일 선물을 받았고 외할머니, 외할아버지, 엄마, 이모들 모두 제가 원하는 것은 다 해줬어요. 일주일에 한 번씩 친할아버지와 친할머니를 만나러 갔는데 거기 가서도 역시 '공주' 대접을 받았어요.

그때는 정말 동화 속 공주처럼 살았답니다. 누구도 부럽지 않게 살았어요! (물론, 지금도 '거의' 그렇게 살고 있지만요!)

하지만 공주도 아빠가 보고 싶었습니다.
그래서 아빠가 공부하고 있던 러시아로 떠나기로 했어요. 그렇게 엄마와 비행기를 타고 모스크바로 갔어요.

제 딸의 이름은
강다롱입니다

아무 생각 없던 아빠에게 누군가가 갑자기 질문을 던졌다.

작가님, 그런데 뱃속 아가 태명이 뭐에요?

아빠는 깜짝 놀랐다. '태명'이라는 것이 필요하다는 생각을 하지 못했다. 모든 존재에는 이름이 필요한데, 아빠는 자기 '새끼'가 생겼다는 기쁨에 도취한 채 할 일을 하지 않고 있었던 것이다.
자식에게 이름조차 안 만들어준 작가 아빠라니.
하지만 아빠는 이미 예상했던 질문이라는 반응을 보이며
마치 오래전부터 준비해왔던 양, 아주 태연스러운 척 이렇게 대답했다.

다.롱.이. 그러니까, 강다롱!

왜 입에서 그런 음절들이 튀어나왔는지 이해할 수 없었지만 아무튼 그렇게 말해버렸다. 누가 들어도 전혀 준비된 것 같지 않은 태명. 장난스러운 그런 이름. 아무튼, 그리하여 딸의 태명은 '다롱이'가 되었다.

물론, 키득거리는 사람이 있었다. 아니, 사실 많았다. 하지만 남들이 키득거리면 아빠는 같이 웃었다. 강아지 이름 같다고 놀리는 사람도 있었다. 그때도 아빠는 웃어넘겼다. 재미있다고 칭찬해주는 사람도 물론 (소수지만) 있었다. 그때도 아빠는 웃었다. 귀여운 태명이라고 말해주는 사람도 있긴 했다. 아빠는 그 말을 믿진 않았지만, 그래도 웃었다. 그렇게 '다롱이'가 생긴 후로 아빠는 웃고, 웃고 또 웃었다.

딸이 태어나 아빠의 말을 이해할 수 있게 되고 다롱이 대신 '태희' 라는 이름 같은 이름을 갖게 된 후, 아빠가 말했다.

태희야! 네 태명이 '다롱이'였다!

딸은 좀 창피하다는 눈빛이었다. 그때도 아빠는 웃었다.
아빠에게 이름은 중요하지 않았다. 그냥 그 존재, 딸 자체가 '행복' 이었던 것이다.
그리고 그 존재를 부르면 뭐라고 하든 중요치 않았다. 아빠도 모르게 그냥 웃게 되는 것이었다. 그래서 지금도 아빠는 웃고 싶을 때 이렇게 딸을 부르곤 한다.

다롱아! 강.다.롱.

딸은 입을 삐죽거리지만, 그래도 싫은 기색은 아니다.

2004. 02

“ 딸아, 이름도 물론 중요하지만, 이름보다 더 중요한 것은 ‘너’ 자신이란다. ‘너’를 만드는 것은 너를 부르는 사람이 아니고 바로 ‘너’ 자신이거든. ”

서울 2004.10~2008. 06

아빠 마음대로 태교동화

엄마에게서 태교가 아이에게 중요하다는 얘기를 들은 아빠는 (태어나지 않은) 딸에게 이런 약속을 했다.

다롱아! 네가 태어날 때까지 매일 밤 태교동화를 읽어주마!

그리고 놀랍게도 그 약속은 지켜졌다.
매일 밤 아빠는 엄마의 배 위에 손을 올려놓고 태교동화책을 읽어줬다. 회사에서 야근하고 늦은 날에도, 술에 취한 날에도 술 냄새를 풍기며, 밀린 원고가 많은 날에도 잠시 짬을 내서 뱃속 딸에게 동화를 들려줬다.
아빠의 태교동화는 다른 평범한(?) 태교동화들과 분명히 다른 점이 있었다.
아빠가 읽어준 동화는 늘 결론이 아빠 '마음대로'였다. 권선징악이 아닐 때도 많았고 해피엔딩이 아닐 때도 있었다. 인과관계가 무시될

때도 많았다. 결론이 이른바 '산으로 가는' 경우도 허다했다.
아빠가 꾸며낸 엉터리 태교동화로는 딸이 머리가 좋아질 것 같지 않았다. 성품 좋은 아이가 될 것 같지도 않았다.
그러나 그 시간은 엄마에게도, 아빠에게도 소중한 시간이었다.
특히 엄마는 아빠의 엉터리 태교동화를 듣는 시간을 좋아했다.
엄마는 아빠의 황당한 이야기를 듣고 많이 웃었다.
(딸보다 더) 그 시간을 기다리고 있었다.

아빠는 엄마의 웃음이 곧 딸의 웃음임을 알고 있었다. 그래서 엉터리 태교동화를 들려주는 시간이 즐거웠다.
이제는 10대가 된 딸이 흰소리할 때, 아빠는 가끔 이런 생각을 하곤 한다.

태교가 잘못된 탓인가?

2004. 05

" 딸아, 아빠는 네게 계속 새로운 이야기를 들려주고 싶어.
들려주고 싶은 이야기가 많다는 것은 그만큼 너를 사랑하고 있다는 뜻이란다. "

서울 2004.10~2008. 06

태어나지도 않은 딸에게 전하는 엄마의 사과

엄마는 딸에게 극진했다.
딸이 태어나기 전에도, 딸이 태어난 후에도 변함이 없었다.
누가 봐도 흠 잡을 데 없는 엄마. (라고 아빠는 생각했다.)
하지만 그런 엄마도 딸에게 미안했던 적이 있다. 이루 말할 수 없이 미안한 마음을 가졌던 적이 있다.

딸이 태어나기도 전에 일이다.
그날, 엄마는 시엄마와 함께 산부인과에 갔다. 의사는 뱃속의 아이가 '공주님'이라고 일러줬다. 시엄마는 괜찮다고 했지만, 엄마의 마음은 이상하리만큼 빠르게 무거워졌다.
엄마는 집에 와서 울었다. 감당할 수 없는 눈물이 엄마의 마음에서 몸 밖으로 흘러나왔다.
'공주님'이라는 그토록 아름다운 표현이 이상하게도 엄마의 귀에는 전혀 아름답게 들리지 않았다. 내 자식이 '왕자'가 아닌 것이 이상했다. 그 누구도 강요하지 않았는데, 심지어 자신도 '공주'라는 말을 직접 듣기 전까지 상상하지도 못했던 감정이었다.

하루 종일 이 묘하게 섭섭하고도 슬픈 감정에 사로잡혀 있었다.
그것은 말로도, 글로도 설명하기 힘든 감정이었다.
누군가를 원망하고 싶었지만 원망할 수 없었고, 누군가와 함께 묘한 감정을 나누고 싶었지만 역시 나눌 수 없었다.
알 수 없는 누군가에게 미안한 마음도 들었다. 하지만 그 누군가가 누군지 엄마도, 그 누구도 알 수 없었다.
엄마는 많은 생각을 했다.
그리고 누군가에게 말했다. '공주'라서 섭섭한 것 같다고.
누군가는 이렇게 말했다. '또 낳으면 된다'고. 하지만 그 말에 엄마는 더 슬퍼졌다. '공주'의 탄생은 잘못이 아닐 텐데
왜 '다시'여야 하는지. 누군가는 위로라고 건넨 말이었지만,
엄마에게는 위로가 되지 않았다.

처음에는 자책했고 그다음에는 가족들에게 미안해했으며, 무기력하게 슬퍼졌다가 종국에는 그것이, 그 모든 생각이 잘못된 것이라는 깨달음에 이르렀다. 그러자 남은 감정은 하나뿐이었다.

미안함!
태어나지도 않은 공주님,

만나지도 못한 공주님에게 엄마는 미안해했다.
그리고 엄마는 사과했다. 그것은 엄마가 딸에게 한 최초의 사과였다.

다롱아! 그런 바보 같은 생각을 해서 미안해.
건강하게만 태어나 다오. 이 엄마가 열 배, 스무 배 예쁘게 키워줄게.
더 많이 사랑해줄게. 예뻐해 줄게! 미안해.

공주가 태어났고, 그 후로 엄마, 아빠에게 다른 왕족('공주'도, '왕자'도)은 생기지 않았다. 그때부터 지금까지 엄마, 아빠, 공주 셋이 행복하게 살고 있다. 행복을 만드는 것은 당연하게도, 성별이나 숫자가 아니었다.

그저 마음가짐이었다.

2004. 07

"딸아, 사랑하는 사람에게는 '미안하다'는 말을 아끼면 안 된단다. 미안하다고 말하는 것은 지는 것이 아니라 '함께' 이기는 거야. 아빠가 (혹은 엄마가) 잘못을 하고도 '미안하다'는 말을 하지 않거든 언제든 말해주렴. 꼭!"

엄마, 이제 그런 마음 갖지 마세요.
제게 엄마는 세상에서 가장 소중한 사람이니까요.
(물론, 아빠가 이 얘기를 들으면 섭섭해 하겠지만요.)

서울 2004.10~2008. 06

콘 헤드 혹은 고구마의 탄생

공교롭게도 그날, 아빠의 차는 수리 중이었다.
엄마는 배가 아프다고 했지만 아빠는 괜찮다고 했다. 조금만
더 참으라고 했다. 그것은 아빠의 자의적인 판단이 아니었다.
아빠는 병원에서 배운 대로 대답한 것이었다. 아빠는 엄마에게
텔레비전이라도 보면서 기다리자고 했다. 물론, 엄마의 표정은
아픔으로 그득했다. 아빠는 태연하게 뭐라도 챙겨 먹으라고 했다.
그 역시 병원에서 내린 지령이었다.

침착해라 그리고 먹어라.

아빠가 엄마에게 뭔가를 챙겨줬으면 더 아름다웠겠지만,
그러지 않았다. 엄마가 직접 밥을 물에 말아 먹었다.
새벽 3시가 돼서야 아빠는 움직이기 시작했다. 엄마와 함께 병원으로
갔다. 차가 수리 중이어서 택시를 타고. 임신부를 데리고 달리는 택시

기사는 침착했다.
응급실에 도착해서 바로 접수했지만, 아무 곳에도 갈 수 없었다.
진통실로도 들어갈 수 없었다. 아직 진통이 덜하다는 이유에서였다.
그냥 병원 복도 로비에 앉아서 기다렸다.
엄마는 무척 고통스러워했고, 아빠는 무척 태연한 척했지만
속으로는 덜덜덜 떨고 있었다.

마침내, 진통실에 들어갔다.
진통실에서 엄마와 아빠는 손을 꼭 잡고 있었다. 엄마가 많이 아파할 때면 함께 배운 '라마즈 호흡법'으로 고통을 지워보려고 노력했다. 하지만 엄마의 얼굴에서 아픔이 가시지 않았다. 엄마의 입이 바싹 말랐고, 숨소리는 점점 거칠어졌으며, 웃음기라곤 찾아볼 수 없는 건조한 표정이었다. 아빠를 원망하는 듯한 표정도 언뜻언뜻 엿볼 수 있었다. 그리고 아빠는 엄마의 고통을 보면서 원망받아 마땅하다는 생각을 했다.

진통 4시간 만에 엄마는 진통실에서 분만실로 옮겨졌다.
그리고 16분 만에 아이를 낳았다.

2.9kg에 49cm인 작지만 건강한 '공주'였다.
침대에 누워있던 엄마가 아빠에게 물었다. 힘겹지만 행복한 목소리였다. 다행스럽게도 아빠를 향한 '원망'은 사라진 것 같았다.

미소도 보였다.

여보, 우리 딸 예뻐?

아빠는 힘차게 대답했다. 그 대답은 참으로 솔직하고 진솔했다.

*아니! 엄청나게 못생겼어. 외계인 같아! 콘 헤드*Cone Head *알지?*
고구마 같기도 하고.

의사가 웃었고, 간호사들이 웃었다. 물론, 아빠와 엄마도 웃었다.
그렇게 아빠와 엄마는 아빠와 엄마가 되었고, '외계인 공주'가
태어났다.

아빠는 알고 있었다.
그 '외계인'이 세상에서 가장 사랑스러운 딸로 변할 것이라는
사실을!

2004.10

" 딸아, 지금 못났다고 계속 추할 리 없단다. 물론, '겉'이 추하니
'속'까지 추하다고 단언할 수도 없지. 아름다움은 오래 두고,
애정을 담아 볼 때 비로소 보인단다. 그러니 지금의 추함에 대해
두려워하지 말 것. "

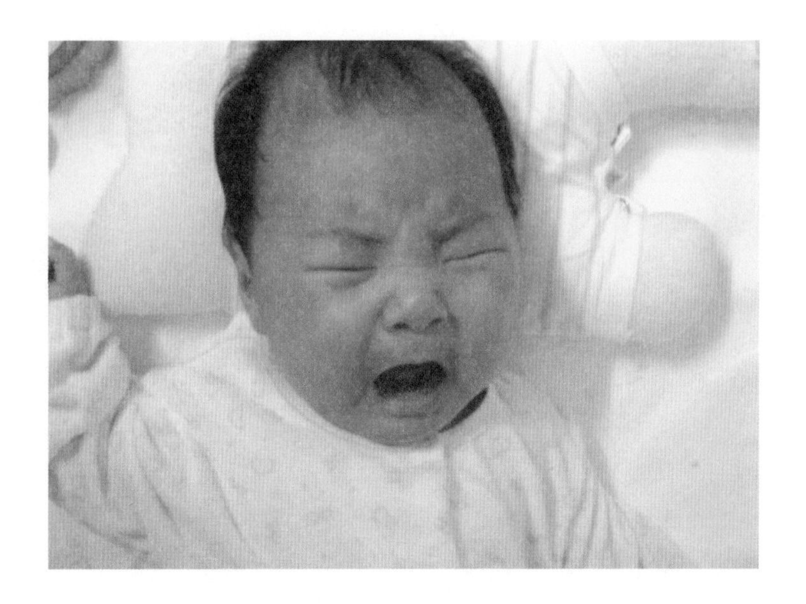

아빠는 제가 우는 모습도 예뻤다고 했지만,
어린 시절 우는 저는 참 못났더라고요.

서울 2004.10~2008. 06

아프지만
또 안고 싶어

늘 덤벙거리는 아빠는 그 순간 숨을 죽이고 인생에서 가장
진지한 자세로, 가장 조심스러운 포즈를 취했다.
처음으로 딸을 안는 바로 그 순간.
딸은 작았다. 생각보다 너무 작았다. 과연 이 작은 생명체가 제대로
자랄 수 있을지 의심스러울 정도로 작았다. 하지만 그 작은 생명이
나에게서 나온 것이라는 경이로움에 감동하지 않을 수 없었다.

병실로 온 딸은 징징거렸다. '운다'고 표현하기엔 부족했다.
아빠가 딸을 안자, 그 '징징'이 사라졌다. 그래서 딸이 조금이라도
징징거리면, 안고 복도로 나갔다. 품에 안긴 딸은 편안한 표정이었다.
아빠는 갓 태어난 아이를 잘 안고 있는 스스로가 대견스러웠다. 가끔
복도에서 마주치는 간호사들의 미소도 즐겼다. 딸을 안고 복도를
걷다 힘들면, 바닥에 앉아 있기도 했다. 딸은 아빠 품에서만은 조용히
있었다. 회사가 끝나면 아빠는 병원으로 달려갔고, 밤마다 작은 딸을

조심히 안고서 복도를 걷거나 안은 채 바닥에 앉아
'신기하게' 생긴 딸을 봤다.

그렇게 3일이 지났다.
딸과 엄마가 안전하게 산후조리원으로 옮긴 후,
아빠는 사무실로 돌아와 하던 일을 계속했다. 퇴근 후 아무도 없는
집에 들어가기 싫어 동네 커피숍에 앉아 샌드위치를 먹었다.
그때 비로소 자신의 팔이 불편하다는 것을 느꼈다.
평소에는 쓰지 않았던 그리고 전혀 취하지 않았던 포즈를 긴장한
상태로 수 시간씩 했으니 안 아프다면 이상한 일이었다.
하지만 그런데도 딸이 보고 싶었다. 딸을 안고 싶었다.

아파도 괜찮으니 또 안고 싶은.

아빠는 실감했다. 이제 진짜 아빠가 되었구나. 보고 싶은 사람이 하나
더 늘었구나!

2004.10

“ 딸아, 안아도 또 안고 싶은 사람. 언제나 포근하게 감싸주고
싶은 사람이 바로 너야. ”

서울 2004.10 ~ 2008. 06

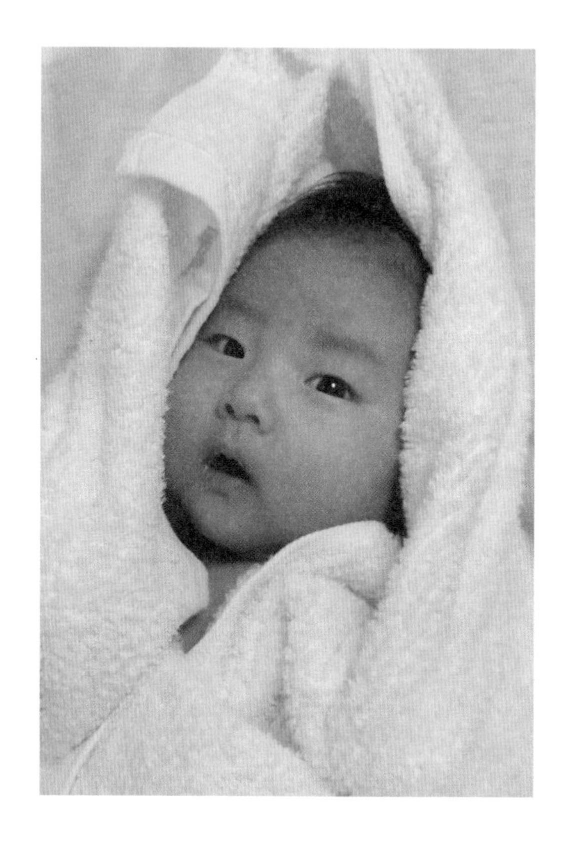

아빠가 가장 좋아하는 사진이에요.
사람들에게 이 사진을 보여주면서
저를 아가 모델 시킬 거라고 했다나요?

아빠 무릎 위에서 터진 첫 번째 웃음

언제나 '첫'은 본래 가진 것 이상의 의미를 지닌다.
혹은 더 큰 의미를 부여받는다.
아빠도, 엄마도 딸의 모든 '첫'에 과한 의미들을 부여했다.
사랑이라는 이름의 '과함'을.

2005년 1월 3일.
딸이 처음으로 소리를 내서 웃었다. 그전까지의 웃음소리가
비명이었다면, 그날의 웃음은 호탕한 진짜 웃음이었다.

허허허! 허허허!

아빠가 부르는 괴상한 노래를 듣더니만, 그렇게 웃어버렸다. 분명히 '하하하'가 아닌, '허허허'였다. 엄마는 아저씨 소리로 웃는 3개월 된 딸이 너무 예쁘다며 웃었고, 아빠는 두 사람이 함께 웃는 모습이 너무

행복해 웃었다.

딸은 아빠의 무릎 위에서 호탕하게 '첫' 웃음을 터트렸다. 그리고 엄마는 재치 있게 그 첫 웃음을 카메라에 담았다. 그리고 그 사진을 볼 때마다 가족 모두 웃음을 터트렸다. 하하하. 허허허.

아빠는 그 사진을 볼 때마다 이런 생각을 했다.
더 많은 웃음을 주고 싶다는,
소리 내서 웃을 일이 더 많았으면 좋겠다는,
그렇게 행복한 '첫' 무엇이 그득한 집안을 만들고 싶다는.

2005. 01

“ 딸아, 사랑하는 사람 앞에서는 큰 소리를 내서 웃어도 괜찮단다.
큰 웃음이야말로 행복을 표현하는 가장 멋진 방법이거든.
사랑하는 사람을 만나거든 네가 먼저 크게 웃으렴. 망설이지 말고!
그럼, 상대도 분명히 웃을 거야. ”

제 어린 시절, 아빠는 저를 안고 축구, 야구,
이종격투기 등 여러 가지 스포츠 중계를 봤대요.
그래서 TV 그만 보고 '나' 좀 보라고 한 번
웃어줬죠! 허허허!

서울 2004.10~2008. 06

아기 돌보기 시간표

딸이 태어난 덕에 아빠와 엄마가 해야 할 일이 더 늘었다. 물론,
그 전에 하던 일들은 계속해야(만) 했다. 아빠는 회사에 다녔고,
박사과정에서 공부하고 있었다. 그리고 유학 준비도 하고 있었다.
엄마도 회사에 다녔고, 석사과정에서 공부를 하고 있었다. 두 사람 다
일도, 공부도, 딸도 포기할 수 없는 상황이었다.

그래서 '아기 돌보기 시간표'를 만들었다.
엄마가 공부할 시간에 아빠는 딸을 안고 밖으로 나갔다. 딸을 안고
동네를 산책(?)하며 사는 이야기를 해줬다. 그것은 딸을 위한
이야기만은 아니었다. 단지 아빠가 사는 이야기였다. 회사에서
힘들었던 일, 공부하고 있는 내용, 외국어 공부의 어려움 따위였다.
딸은 조용히 아빠의 말을 듣고 있었다. 울지도 않았고, 듣기 싫은
표정도 하지 않았다. 집에서 딸을 봐도 괜찮았지만 아빠는 딸을
데리고 나가는 것을 더 좋아했다. 딸과 걷고 얘기하는 것이 좋았다.

사실, 아빠에게 그 시간은 위안의 시간이었다. 뭔가 더 꿈을 꾸고 열심히 할 수 있는, 열심히 해야겠다는 마음을 다질 수 있었던 시간이었다. 집에 돌아와 엄마에게 딸을 넘기고, 서재에 들어가 자신이 공부할 시간이 되었을 때 더 열심히 공부할 수 있는 원동력 같은 것이었다.

아빠와 엄마는 모두 원하던 공부를 마쳤다. 어떤 부모들은 '자식' 때문에 하고 싶은 것을 못했다고, 혹은 못하겠다고 말한다. 아빠는 그 말을 믿지 않는다. 대부분의 경우, 자식은 부모의 길을 막는 존재가 아닌 부모에게 힘을 주는 최고의 응원단이라고 믿기 때문이다. 존재 자체로 힘이 되는 그런 응원군!

2005. 03

" 딸아, 항상 힘이 되는 사람, 항상 내 편인 사람이 바로 '너'라서 너무 행복하다. 아빠도 네게 그런 사람이었으면 좋겠어! "

서울 2004.10 ~ 2008. 06

기분이 좋아지는 사진이에요.
어릴 때부터 아빠랑 저랑 진짜 친했다는 증거 같은 사진이죠.

할아버지, 할머니, 엄마 그리고 아저씨

무정한 아빠는 돌도 채 되지 않은 딸을 두고 유학을 떠났다.
영상통화도, 무료 메신저도 널리 퍼지기 전의 시절이었기에 아빠와 딸은 자주 소통할 수 없었다. 영상통화, 무료 메신저가 활발했더라도 소통이 어려웠을 것이다. 시간의 차이가 있었고, 소통 방식의 차이가 있었고, 삶의 무게의 차이도 있었으니.
아빠의 시간은 모스크바에서, 딸의 시간은 서울에서 흐르고 있었다. 시간이 흐를수록 둘의 간격은 멀어질 수밖에 없다는 것을 아빠는 알고 있었다. 알고 있었지만, 시간을 멈출 수 없었다. 붙잡을 수 없는 시간을 보며 그저 아쉬워하고 있었다. 미안해하고 있었다.

19개월 된 딸이 곰 세 마리를 부르고,
가끔 실수는 하지만 대소변을 가리고,
뭐야? 어디야? 언제? 이거는? 저거는? 누구야?
와 같은 의문사로 수많은 질문을 무한 반복하고,

그것 때문에 주변 사람들이 즐겁고도 괴로운 비명을 지르는 모습을 아빠는 보지 못했다. 상상할 수도 없었다.

뭐 그리 대단한 공부를 하겠다고, 그 멀리까지 떠나야 했던 것인지 아빠 자신도 몰랐다.
그렇게 아빠와 딸이 멀어지고 있던 시절, 엄마가 딸에게 '아빠'에 대해 물으면, 돌아온 대답은 부정적인 것들뿐이었다고 한다.

태희는 아빠 싫어! 태희는 아빠 없어!

퉁명스럽게 말하면서 짜증을 내기도 했고, 아빠 사진을 보여주면 보기 싫다며 꾸겨서 서랍에 쑤셔 넣기고 하고. 가끔은 엄마에게 이렇게 묻기도 했다고 한다.

나는 아빠 싫어! 엄마는 아빠 안 싫어?

그림책 속 가족사진을 보면서 등장인물들이 누구냐고 물으면,

할아버지, 할머니, 엄마, 아저씨!

'아빠' 대신 '아저씨'라고 툭 말해버린 후 책을 덮었다고 한다.
그리고 (떠난) 아빠를 싫어하지 않는다고 말하는 엄마를 이상하게

생각하기도 하고.

지금까지 아빠는 딸의 어린 시절 추억에서 등장하지 않는 '자신'을 미워한다. 그래서 아빠에게 딸과 함께하는 '지금'의 추억은 더욱 소중하다.
다시는 듣고 싶지 않은 그 말.

나는 아빠 싫어! 아빠는 없어!

늦었지만 아빠는 딸의 추억에 들어가기 위해 노력 중이다. 아무리 노력해도 부족하겠지만, 아무리 시간이 지나도 미안해 하겠지만.

2006. 05

“ 딸아, 추억을 만드는 것은 시간이 아니란다. 오래된 기억이 무조건 추억이 되진 않아. 추억이란 매순간 만들어가는 거야. 아빠와 하고 싶은 것이 있으면 지금 당장 말하렴! 그래야 우리의 추억이 많이 쌓일 거야. 물론, 아빠도 그렇게 할게! ”

서울 2004. 10 ~ 2008. 06

공동육아와
시장골목

딸이 만으로 두 살도 되기 전부터 시작한 공동육아.
이런저런 이유로 지금은 꽤 알려진 '공동육아'이지만,
10여 년 전까지만 해도 공동육아가 뭔지 설명해줘야 하는 일이
많았다. 공동육아는 말 그대로 다양한 세대(가족)들이 모여 함께
육아한다는 개념이다.
터전(육아할 장소)을 함께 찾고, 선생님도 함께 뽑고, 터전 운영에도
학부형들이 직접 참여하고, 청소도 직접하고, 터전 수리나 아이들을
위한 김장도 부모가 직접(해야) 한다. 조기교육은 지양하기 때문에
미취학 어린이들에게 교육을 하지 않는다. 하루 종일 안전하고,
신나게 노는 일이 유일한 (미취학) 공동육아의 목표인 셈이다.
덕분에 공동육아를 한 아이들은 요즘 아이들답지 않게 한글도
모르고 초등학교에 입학한다.
초등학생을 위한 공동육아의 경우는 '방과 후'라고 부르는데, 학교를
마치고 터전으로 가서 정해진 시간 동안 각자 알아서 숙제하고

활동을 한다. '활동'이라고는 하지만, 역시 국·영·수와 같은 직접적인 학습과는 거리가 멀다. 박물관에 가거나 텃밭을 가꾸거나, 함께 운동(택견)을 한다.
그리고 아이들과 학부형들이 함께 모여 지역 공동체를 위한 행사도 한다. 무엇보다도 아이들과 학부형들 간의 사이도 각별하다.
아이들은 학부형들에게 '반말'을 한다. 마치 자신의 부모들에게 말하듯. 아이들은 학부형들을 '누구누구의 아빠 혹은 엄마'라고 부르지 않고, 별명으로 부른다. 그래서 모든 학부형은 별명이 있다.
공동육아에서 아빠의 별명은 '책', 엄마의 별명은 '말speech'이었다.
한국에 있을 때 딸의 어린 시절은 그렇게 공동육아와 함께 채워졌다.

그렇게 수년간 '공동육아'를 해온 딸에게 다소 딱딱한 톤으로 진지한 척하며 물었다.

강태희 씨, 공동육아를 하면서 가장 좋았던 것이 무엇입니까?

딸은 씨익 웃으며 싱겁다는 표정으로 대답했다.

다른 애들이 (학원에서) 공부할 때, 공부 안 하고 매일 노는 게 가장 좋았지요.

아빠는 기분이 좋았다. 딸이 마음껏 놀라고 시작한 공동육아였다.

공동육아 덕분에 딸이 실컷 놀았다니 다행이었다. 그리고 스스로 물었다.

강병융 씨, 공동육아를 하면서 가장 좋았던 것이 무엇입니까?

'공부는 안 하고 놀기만 하는' 공동육아를 위해 5분이면 갈 수 있는 집 앞 초등학교를 놔두고 30분은 족히 걸어야 하는 초등학교에 입학시키고, 주중, 주말 할 것 없이 학부모들과 만나 (오직) 아이들을 위한답시고 싸우고 지지고 볶았던 시간이 떠올랐다. 매주 방모임 (자녀 연령대별 학부형 모임), 주말 터전 청소, 김장을 하고, 우리 아기가 아닌 남의 아이들과 함께 시간을 보내기 위해 휴가를 내기도 하고, (차가 없던 시절에) 차까지 빌려서 모꼬지에 따라가고, 해 보내기 잔치를 위해 아이들보다 훨씬 '빡센' 춤 연습을 했던 기억.

그게 도대체 뭐라고? '공동육아'란 것이 정말 좋다면 뭐가 좋았을까? 잠시 고민을 하다가 아빠는 스스로 답을 찾았다.
아빠는 딸과의 '하원'이 가장 좋았다.
공동육아를 마치고 딸과 집에 돌아오는 시간. 딸의 가방을 들어주고, 손을 꼭 잡고 하원하는 그 시간. 가끔은 집에 가기 싫어하는 딸을 기다리는 것도 좋았고, (그것은 딸이 그만큼 그곳에서 행복하다는 의미일 테니.) 가끔은 아빠를 보자마자 달려 나오는 것도 좋았다. (그것은 딸이 그만큼 집과 아빠가 그리웠다는 의미일 테니.)

하지만 그 무엇보다도 함께 걷는 그 길이 좋았다. 하원을 하고 집까지 가기 위해선 꽤 큰 시장을 하나 지나야 했다. 아빠와 딸은 방앗간을 그냥 못 지나치는 참새들처럼 뭘 하나 꼭 사서 입에 물었다. 겨울에는 붕어빵이나 땅콩빵, 크림빵을, 여름에는 하드나 이온음료를, 봄과 가을에는 소시지나 젤리를 먹었다.
아빠는 그때 비로소 알 수 있었다. 딸이 붕어빵보다 '땅콩빵'을 좋아한다는 사실을, 딸이 달리기를 잘한다는 사실을, 딸도 고민이 있다는 사실을.

혀가 행복하니 자연스럽게 말도 달콤하게 나왔다. 딸이 학교에서 힘들었던 이야기, 아빠가 학교에서 힘들었던 이야기를 주고받았다. 배우는 사람도, 가르치는 사람도 힘든 법이니. 딸이 학교에서 만난 좋은 사람, 나쁜 사람 이야기, 아빠 학교에 있는 나쁜 사람, 좋은 사람 이야기. 어디든 좋은 사람도, 나쁜 사람도 있는 법이니.
아빠는 그 길이 좋았다.
그 시장골목을 잊을 수 없었다. 그 길에서 먹었던 수많은 군것질들의 맛은 다 잊었지만, 그 길에서 딸과 나눴던 수많은 대화들의 맛은 고스란히 기억하고 있다.
'공동육아'라는 울타리 안에서 다른 부모들의 토론을 통해 배운 자식과의 대화법을 그 시장골목에서 실천하려고 노력했다.

그리고 지금도 가끔 생각한다.

그 시장골목이 없었다면, 그때 먹었던 붕어빵, 크림빵, 하드, 음료수, 소시지, 젤리가 없었다면, (어쩌면) 공동육아도 아무런 의미가 없었을지도 모른다는.

2006. 09

“ 딸아, 누군가와 대화를 잘하고 싶으면 우선 그 사람의 마음이 아닌 몸을 살펴보렴. 몸이 아프면 마음도 불편해지는 것이 당연하고, 그럼 행복한 대화도 어려울 테니까. 혀가 행복하면 혀에서 나오는 말들도 행복할거야. ”

한겨울에 수영복

러시아를 비롯한 유럽 지역의 대학에는 겨울 방학이 없다.
수업이 없는 기말시험 기간이 있고, 연말 혹은 연초에 1주일 남짓
크리스마스 휴가가 있다. 러시아의 경우는 크리스마스가
1월 8일이기 때문에 연초부터 크리스마스까지 쉬고, 다른 유럽의
경우는 크리스마스인 12월 25일부터 연초까지 쉰다.

유학 시절, 그 짧은 겨울의 여유 시간에 아빠는 딸이 보고 싶어 잠시
짬을 내서 귀국했다. (고작 일주일!) 가난한 유학생인 아빠는 없는
돈을 아끼고 아꼈다. 딸을 보겠다는 일념 하나로. 짧은 시간 동안
아빠와 딸은 있는 정, 없는 정을 다 나눴(다고 믿었)는데,
아빠의 출국 날 이상한 일이 생겼다.

(당연하게도) 아빠는 딸 그리고 엄마와 공항까지 함께 가고 싶었다.
물론, 딸과 엄마도 아빠의 의견에 동의했었다.

조금이라도 더! 최대한 오래!

함께 있고 싶었던 것이 모두의 바람이었다.

출국 날 아침,
아빠는 '떠남'이 아쉬웠지만, 딸과 함께 멋진 이별을 할 마음의
준비를 마친 상태였다. 아빠는 딸에게 멋진 이별을 선사하고 싶었다.

짠하게 감동적이며, 너무 아쉬워서 어서 다시 만나고 싶어지는 그런 이별.
하지만 현관문을 나서기도 전에 아빠의 바람은 산산조각이 났다.
두 사람은 집 안에서 '생' 이별을 해야 했다. 무슨 이유에선지 딸은 엄마와 다퉜고, 자신이 원하는 것을 들어주지 않으면 절대 공항에 가지 않겠다고 했다. 항상 관대했던 엄마도 그것만은 절대 안 된다면서 딸의 요구를 들어주지 않았다. 결국, 딸의 '생떼' 때문에 아빠는 홀로 공항으로 떠났다. 계속 기다릴 수도, 그렇다고 마냥 달래줄 수도 없는 일이었다.

딸은 한겨울에 '수영복'을 입고 나가야겠다고 했다.
아무리 말리고, 말리고 말려도 '수영복'을 고집했다. 엄마가, 아빠가, 할머니가, 할아버지가 애원하고 말렸지만 아무도 딸의 고집을 꺾을 수 없었다. 아빠와 엄마는 딸이 원하는 것은 대부분 들어줬는데, 아무래도 '한겨울에 수영복'은 무리였다.
사람들의 시선도 그렇지만 무엇보다 수영복을 입고 나가기엔 너무 추운 날씨였다.

그렇게 아빠와 딸은 현관에서 눈물의 이별을 하고 헤어졌다.
그렇게 아빠는 홀로 모스크바로 돌아갔다.

서울에 남아있던 엄마가 딸에게 물었다. 도대체 왜 그렇게 '수영복'을 고집했는지.
(어린) 딸은 또박또박 이렇게 말했다.

아빠랑 마지막 날이니까 가장 예쁜 옷을 입고 싶었어.
내 눈에는 수영복이 가장 예뻤다고!

그랬다고 했다. 딸의 눈에는 알록달록 수영복이 가장 예뻤다고.
그래서 꼭 입고 싶었다고, 아빠에게 예쁘게 보이고 싶었다고.
그랬다고 말이다.

2007. 01

" 딸아, 입고 싶은 것, 먹고 싶은 것 모두 누려라.
좋은 것만 하기에도 삶은 짧잖아. "

전화기 속으로
들어갈래요

2007년 여름, 러시아에서 홀로 공부하던 (늙은) 유학생 아빠 그리고
35개월, 만으로 세 살도 채 않은 딸이 오랜만에 만났다.
잠시 서울에서 시간을 함께 보냈다. 한 달이라는 기간은 절대
'길다면 길고, 짧다면 짧은 시간'이 아니었다. 그것은 두 사람에게
그냥 절대적으로 짧은 시간이었다. 그리고 예정대로, 예외 없이
헤어졌다. 헤어질 수밖에 없었다.
두 사람은 짧지만 굵고, 아쉽지만 뜨거운 시간을 보냈다.
모스크바로 돌아온 아빠와 서울에 남은 딸은 (더욱) 자주 통화를
했고, 통화 내용도 (더욱) 애틋해졌다. 딸이 의사소통을 하면서부터
둘의 대화는 좀 더 진지(?)해질 수 있었다.

아빠, 너무 보고 싶어!

아빠는 딸의 그 말을 듣고, 수화기 너머에서 방긋.

너무너무 보고 싶어서 전화기 속으로 들어가야 할 것 같아!

아빠는 딸의 그 말을 듣고, 수화기 너머에서 눈만 깜빡깜빡.

전화기 속에 들어가서 러시아로 좀 찾아가야 할 것 같아.

아빠는 딸의 그 말을 듣고, 수화기 너머에서 깔깔깔. 아빠도 그럴 수만 있다면 당장 전화기 속으로 들어가 딸을 만나고 싶었다.
그리고 다시 한 번 결심하게 되었다.
조금 더 가난하게 살아야 할지라도 함께 사는 것이 좋겠다는.
단칸방이라도 좋으니 러시아에서 함께 사는 것이
정답인 것 같다는 생각.

(우리는) 절대 전화기 속에서 만날 수 없으니 진짜로 만날 수밖에.
결국, 두 사람은 (물론, 엄마도 함께!) 모스크바에서 만났고,
(꿈에 그리던) 단칸방 생활도 시작했다.

2007. 08

“ 딸아, 너에게 사랑하는 사람이 있다면 모든 걸 ‘함께’ 하도록 노력해보렴. 그리고 그 함께는 나중이 아닌, ‘당장’하는 것이 좋단다. ‘나중에’라고 말하는 것은 어쩌면 ‘지금’을 피하고 싶어 만들어낸 핑계일지도 몰라. 사랑한다면, ‘당장’이야! ”

꿈과 토끼와
발레리나

딸은 이모가 선물해준『생쥐 디디의 꿈』이라는 동화를 읽고 있었다.
엄밀히 말하자면 '읽는다'기보다는 '보고' 있었다.
(한글을 몰랐기 때문에!) 그림만 보면서도 참 좋아했다.
좋아하는 책을 읽지 못하고 보고만 있는 딸을 위해 엄마가 나섰다.
엄마는 딸 옆에 앉아『생쥐 디디의 꿈』을 읽어줬다. 딸은 엄마가
전해주는 한 단어 한 단어를 귀담아들으려 노력했다.

엄마, 그런데 '꿈'이 뭐야?

엄마는 "이 책에서 꿈은 '나중에 되고 싶은 것'"이라고 말해줬다.
그리고 딸에게 물었다.

그럼, 태희는 꿈이 뭐니?

딸은 웃으며 망설임 없이 대답했다. 이렇게!

토끼!

엄마는 놀랐다.

토끼가 되고 싶다고?

딸은 잠시 고민하는 시늉을 하더니,

토끼보다는 발레리나가 낫겠다. 발레리나!

엄마는 토끼보다는 발레리나라는 대답에 안도하며 이유를 물었더니
딸이 이렇게 대답했다.

발레리나는 예쁜 옷을 많이 입을 수 있잖아!

야외 활동이 많은 공동육아 어린이집의 특성상 평소에
(장식이 많은 옷이나 화려한 치마보다는) 바지나 단추가 없고 편한
옷을 입어야 하는 상황에 대해 불만이 많았던 딸이 충분히 할 수 있는
대답이었다.

나중에 '딸의 꿈과 토끼와 발레리나'에 관한 이야기를 들은 아빠는 딸의 꿈이 (발레리나가 아닌) '토끼'였으면 더 좋았을 것 같다는 생각을 했다. 하지만 부모가 자식의 꿈에 대해 뭐라 말할 자격은 없으니 조용히 있었다.

꿈은 항상 변하기 마련.
예상했듯이 어느 정도 시간이 지난 뒤, 딸은 자신의 유연성이 발레리나의 그것들과는 거리가 멀다는 것을 스스로 깨달았고, 그 순간부터 딸은 발레리나의 꿈을 자연스럽게 버렸다.
(하지만 아름다운 옷들과 그 멋진 춤사위는 여전히 좋아한다.)

아빠는 아직도 딸이 토끼가 되어 초원을 귀엽게 달리는 상상을 하곤 한다. 아무래도 발레리나보다는 토끼가 더 멋지다는 생각을 하면서 말.이.다. 뭔가 더 자유로운 느낌이 든다. 아무래도 아빠는 딸이 자유롭게 뛰놀길 바라는 것 같다. 적어도, 아직까지는.

2007.10

" 딸아, 사랑하는 사람의 꿈을 존중해주렴. 아빠의 꿈도, 엄마의 꿈도, 친구들의 꿈도. "내 꿈이 뭐다"라고 너에게 말하는 사람은 분명히 너를 믿고 존중하는 사람일 거야. 꿈은 꾸는 것 자체로 이미 충분히 가치 있는 일이거든. "

스크린 너머로
생일 축하합니다

2008년 5월 13일은 엄마의 생일이었고, 아빠는 러시아에 있었다.

딸과 엄마는 (아빠 없이) 조촐하게 생일 케이크를 먹고 자축했다.
아빠는 웹 메신저를 통해 엄마에게 축하 동영상을 보냈다. 딸과
엄마는 컴퓨터 앞에 앉아 아빠의 축하 메시지를 봤다.

'축하한다'는 말과 아빠의 목소리가 담긴 동영상을 보자 엄마의
눈시울이 붉어졌다. 하지만 참았고, 딸은 엄마가 눈물을 참고 있다는
것을 알고, 대신 눈물을 흘려버렸다. 그리고 조금씩 흐르던 눈물이
종국에는 터지고 말았다. 그것은 슬픔보다는 그리움의 눈물이었고,
함께 했으면 좋았을 순간을 함께하지 못함에 대한 아쉬움의
눈물이었다. 그리움과 아쉬움의 눈물이 줄줄줄.
딸은 화면 속 아빠에게 뽀뽀했다. 그렇게 그리움과 아쉬움이 남았던
엄마의 생일이 지나가는 듯했다. 그런데 잠자리에 들기 전, 딸이

엄마에게 이렇게 말했다.

엄마, 나한테 그걸 보여주지 말았어야지!

그 말을 하고 딸은 다시 울었다. 딸은 그리워서 슬프다고 했다.
엄마는 딸을 꼬옥 안아주었고, 다행스럽게도 그리고 얼마 지나지
않아 딸과 엄마는 스크린 속 아빠를 모스크바에서 진짜로 상봉할 수
있었다. 엄마에게 그 얘기를 전해 들은 아빠는 웃으며,
"우리 딸, 똑똑하네!"라고 했지만, 속으론 울고 있었다.

그리움이 크면 눈물도 자주 나는 법. 딸의 그리움을 키운 장본인이
자신이라는 생각에 울지 않을 수 없었다. 하지만 딸 앞에서 울 수
없음이 아빠를 더욱 슬프게 했다.
하지만 알고 있었다. 슬픔이 행복의 씨앗이 될 수도 있다는 사실을.

2008. 05

"딸아, 사랑하는 사람이 네 옆에서 눈물을 흘리고 있다면,
아무 말도 하지 말고 꼬옥 안아주렴. 체온이야말로 공감을 표현하는
가장 훌륭한 방법이거든. 아빠가 울 때도 놀리지 말고, 안아줘!"

interview

태희에게
묻겠습니다

공동 육아 편

딸은 취학 전에도, 취학 후에도 '공동육아'를 했다. 슬로베니아로 가기 전, 알파벳을 배우기 위해 잠시 영어 학원에 다닌 것 이외에는 학원이라는 곳에 가본 적이 없었다. 아빠의 눈에 공동육아에서 딸은 늘 즐거워하는 것 같았다. 그래서 아빠는 공동육아에 관한 딸의 생각을 직접 들어보기로 했다.

놀이

공동육아를 생각하면 가장 먼저 떠오르는 것은 무엇입니까?

일단, 저는 공동육아에 대해 좋은 이미지를 가지고 있어요. 공동육아하면 가장 먼저 떠오르는 단어는 '놀이'예요.

'놀이'요? 조금 더 구체적으로 얘기해줄 수 있나요?

아시다시피, 공동육아에서는 공부를 하지 않아요. 놀기만 해요. 그래서 공동육아하면 가장 먼저 떠오르는 단어는 '놀이'예요.

놀기만 하는 것이 학교 가기 전에는 괜찮을지 몰라도, 입학 후에는 문제가 되지 않나요?

문제가 될 수 있죠. 그래서 학교 선생님들은

'공동육아'를 싫어했던 것 같아요. 학교 끝나고 공동육아(터전)에 가서 숙제만 하고 나머지 시간은 계속 놀거든요. 그래서 공동육아를 했던 학생 중에 학교 성적이 뛰어났던 사람은 없었던 것 같아요.

생활

공부를 안 하고 많이 놀아서 좋았다고 했는데, 그래도 특별히 더 좋았던 순간이 있나요?

(학교를 들어가기 전) 어린이집 공동육아 때는 칭찬을 받으면 참 좋았어요. 원래 칭찬을 많이 해주는 편인데, 정말 진심이 담긴 칭찬을 들을 때가 있거든요. 그때 정말 좋아요. 학교에 다니기 시작한 뒤로는 숙제 없는 날이 좋았죠. 터전에 가서 바로 놀 수 있었으니까요. 그래도 가장 기억에 남는 것은 '즐거운' 어린이집 공동육아에서 간 졸업여행이었어요. 어디로 갔는지 잘 기억도 나지 않지만, 친구들과 함께 산에 오르고, 방에 모여서 이야기를 하고, 밤에는 선생님들이 해주신 무서운 이야기를 들었던 것이 기억에 남아요.

좋았던 것만 있었던 것은 아닐 텐데, 가장 나빴던 것도 얘기해주세요.

나빴던 것이 있어요. 정말 싫었던 것이 있어요. 바로,

유기농 라면이요. 감자라면이라고 있는데,
정말 맛이 없었어요. 다른 것들을 맛있었는데,
유기농 라면, 유기농 사탕, 유기농 과자는 정말
싫었어요. 특히, 유기농 라면은 토할 정도였어요.
초등학교 입학 전에 다녔던 '즐거운' 어린이집과 입학
후에 다녔던 '마법' 방과 후를 비교해줄 수 있나요?
('즐거운', '마법' 모두 공동육아를 하는 곳입니다.)
사실, '즐거운'에서 있었던 일은 잘 기억이 나지
않아요. 너무 어릴 때라서 그런가 봐요.
마당에서 모래 놀이를 많이 했던 것, 매일매일 산에
올라갔던 것 정도만 기억에 남아 있어요.
'즐거운'에서는 명상을 많이 했어요. 명상을 잘하면
칭찬을 받고, 하고 싶은 것도 할 수 있었어요.
그리고 '즐거운'에 다닐 때는 한글을 몰랐기 때문에
선생님들이 책을 많이 읽어줬어요.
하지만 '마법'에는 독서하는 곳이 따로 있었고,
거기서 책을 많이 읽었어요. '즐거운'에서는
친구들이랑 두루두루 잘 지냈는데,
'마법'에서는 잘난 척하는 언니가 있었어요.
저를 괴롭히기도 했고요. 이기적인 동생도 한 명
있었는데, 터전에서 먹으면 안 되는 군것질거리를
가지고 와서 혼자 먹었어요. 그게 싫었어요.

사람

공동육아에서도 친구들 사이에 갈등이 있군요. 혹시 기억에 남는 친구(들)가 있나요?

(슬로베니아에 와서) 지금까지 연락하는 친구들, 언니, 동생들이 많은데 이제는 다 좋아요. 특히 기억에 남는 친구는 현우, 소월이, 태영이에요. 현우랑 소월이는 개성이 강하고 재미있는 친구들인데, 뭘 해도 남들과 달랐어요. 현우랑은 마실(친구 집에 놀러 가는 것을 일컫는 공동육아 용어)을 정말 많이 했어요. 소월이는 순하고 착한 친구였지만, 생각하는 것이 아주 독특했어요. 태영이는 '즐거운' 어린이집 시절 단짝이었는데, 아직도 같이 춤추고 놀았던 것들이 생각이 나요. 그 친구도 성이 '강'이어서 강태희, 강태영 마치 자매 같았어요. 다들 보고 싶어요.

기억나는 선생님이 있으면 말해주세요.

라면보이, 동그라미, 산이 생각이 나요. (공동육아에서는 아이들이 선생님들을 이름 대신 별명으로 부르고, 반말을 합니다.) 라면보이는 '즐거운'에서 요리를 해주던 선생님인데, 라면은 정말 맛이 없었지만, 다른 요리는 너무 맛있게 해주셨고, 너무 친절했어요. 자연을 사랑한 산도 기억에 남아요.

하지만 가장 기억이 남는 선생님은 동그라미예요.
얼굴도 선명하게 기억이 나고, 동그라미를 떠올리면,
별명처럼 동글동글하고 포근하고 착한 느낌이
생겨요.
혹시 아마(아빠, 엄마의 준말로 공동육아에서는
학부형들도 별명이 있고, 아이들은 학부형들의
별명을 부르며 친하게 지냅니다.) 중에 기억에 나는
사람은 없나요?
악어가 기억에 남아요. 현우女 엄마, 악어요.
제가 현우와 친했기 때문에 악어네 집에 정말 많이
놀러 갔고, 추억도 많아요. 같이 영화도 보러 많이
갔고, 시내에 같이 간 적도 있어요. 스티커 사진도
찍었고. 한 번은 현우와 제가 부끄러울 정도로 심하게
화려한 공주 옷을 입고 함께 시내에 간 적도 있어요.
그때, 악어도 같이 있었어요. (하하하.)

나무
좋은 추억도 많았겠지만, (공부를 안 하는)
공동육아가 학교생활에 나쁜 영향을 주진 않았나요?
공부를 안 하니까 성적은 좋지 못해요. 하지만
다른 것을 더 잘할 수 있어요. 예를 들면, 체육.
공동육아에서 매일 산에 오르고, 달리고, 택견도

하니까 체력이 좋아져요. 저도 반에서 달리기를
가장 잘했어요. 달리기 같은 체육을 잘하는 것도
학교생활에 크게 도움이 되거든요. 대신 컴퓨터
시간에는 정말 '멘붕'이었어요.
저는 컴퓨터를 해본 적이 없었기 때문에 선생님
말씀을 이해할 수 없었어요. 컴퓨터를 잘하는
학생들에게 주는 선물도 받아본 적이 없어요.
그러면, 동생들에게 공동육아를 추천해줄 수
있나요?
음, 이렇게 추천해주고 싶어요. 초등학교에 가기
전에는 공동육아를 해라. 실컷 놀아라!
그런데, 학교에 입학한 후에는 다니고 싶은
학원 한두 개만 다니고, 집에서 학교공부도 하고
자기 시간을 가져라.
그럼, 공동육아를 한 것을 후회하나요?
아니요. 저는 후회하지 않아요. 다시 태어나도
공동육아를 할 거예요!
하하하. 끝으로 태희 양에게 '공동육아'란
무엇이었나요?
(고민) 제게 공동육아란 '나무'였어요. 어린 시절의
나무. 그늘이 되어주고, 쉴 수 있는 곳이기도 하고,
함께 자라기도 한 나무요.

나무, 딸은 끝으로 그렇게 말했다. 공동육아는
나무라고. 한참을 고민한 뒤 한 말이었다. 아빠도
그 말을 듣고 한참을 고민했다. 딸에게 다시 좋은
나무를 심어주고 싶어서. 과연, 그것이 가능할까?

모스크바는 춥지만 멋져

2008. 06
~
2010. 05

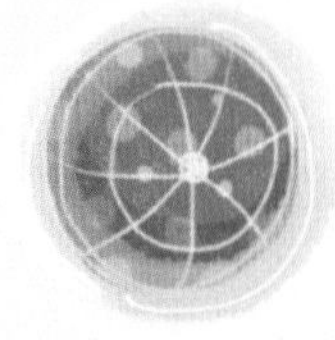

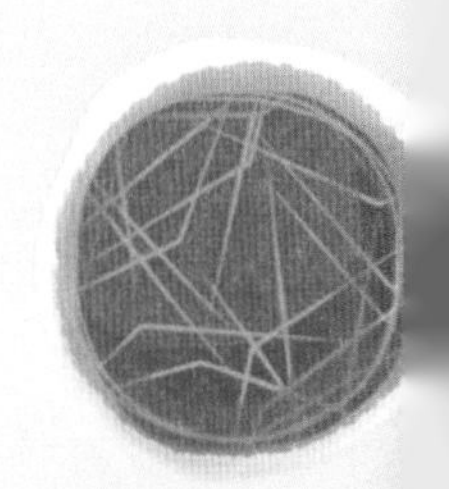

네게도 인생이
'공'이었으면 좋겠다.
공처럼 재미있게
가지고 놀 수 있는 것.
네 인생이 너에게
최고의 놀이였으면 좋겠다.

모스크바에서

태희가

모스크바에서도 참 많은 일이 있었다고 들었지만, 기억이 잘 안 나요.

이상하게 가장 기억에 남는 것이 아빠가 다녔던 모스크바국립대학교 캠퍼스에 가서 엄마와 도토리를 주운 일이에요. 아빠의 수업이 끝나기를 기다리면서 엄마와 도토리를 줍고, 자전거도 탔어요. 아름다운 가을이었어요.

하지만 엄마, 아빠는 제가 그곳에서 한 것이 아주 많다고 했어요. 엄마, 아빠에게 듣기로는 제가 러시아말을 '천재'적으로 잘했대요. 정말 믿을 수가 없어요. 아빠 교수님도 제가 아빠보다 러시아말을 훨씬 더 자연스럽게 한다고 했대요. 발음도 좋고요. 그런데 지금은 하나도 기억이 나지 않아요.

아마도 엄마, 아빠 눈에는 항상 자기 자식이 최고로 보이기 때문 아닐까요?

어쩌면 엄마, 아빠 말이 맞을지도 몰라요. 지금 제가 슬로베니아에서 슬로베니아말을 하는 걸 보면요. (사람들은 러시아말과 슬로베니아말이 비슷하다고 하지만, 제 생각에는 '코딱지'만큼만 비슷한 것 같아요. 알파벳부터 다른걸요.)

만약에 제가 러시아말을 정말 잘했다면, 아마 그곳에서 만난 '냐냐няня' 덕분이었을 거예요. 냐냐는 제게 러시아말을 가르쳐주며 놀아주던 유모에요. 늘 친절했고, 제가 원하는 것은 뭐든 다 해줬어요. 우리가 한국으로 돌아갔을 때 선물도 주고, 이메일도 써줬어요. 정말 좋은 분이었어요. 단, 한 가지만 빼고요!

냐냐는 헤어지기 전에 항상 제 볼에 뽀뽀를 해줬거든요. 저는 그게 어색하고 정말 싫었어요. (침도 '좀' 묻고. 아니, '많이'.)

냐냐가 집에 오지 않을 때는 엄마랑 같이 놀았어요. 모스크바에 살 때는 엄마가 일을 하지 않아서 대부분의 시간을 엄마와 함께 보낼 수 있었어요. 놀이터에 나가서 둘이 놀기도 하고, 놀이터에서 러시아 친구들과 만나 얘기도 하고, 뛰어다니기도 했어요. 가끔은 아빠 지도교수님의 손녀 까쟈를 만나 놀기도 했답니다. 동물원에도 같이 가고, 서커스도 같이 보고, 고양이가 무대에 올라 공연하는 고양이 극장에도 갔어요. 겨울에는 아빠와 눈썰매도 자주 탔어요. 진짜 추웠지만, 너무 재미있어서 추운지도 몰랐어요. 아빠는 날씨가 항상 영하 20도라고 했는데, 그때 저는 영하 20도가 얼마나 추운 건지 몰랐어요.

참, 러시아에 살 때 기억에 남는 추억 중 하나는, 한국에선 가기 어려운 나라인 이집트에 다녀온 것이었어요. 사진 속에는 스핑크스도 있고 피라미드도 있었는데, 잘 기억이 나지 않아요. 그냥 큰 호텔 수영장에서 즐겁게 논 기억밖에 나지 않아요. (헤헤헤.)

사실, 아빠를 만나러 가기 전에는 러시아가 정말 무섭고, 사람이 너무 많아 살기 힘든 곳이라고 생각했어요. 그런 얘기를 너무 많이 들었어요.
그래서 엄마와 단둘이 지하철을 탈 때마다 손을 꼭 잡고 다녔어요. 사실, 사람들은 별로 무섭지 않았는데 개들이 무서웠어요. 가끔 커다란 개들이 우리를 따라왔지요. 정말 러시아를 떠나고 싶을 정도로 무서웠어요. 개들이 지하철역 안까지 따라오기도 했어요. 하지만 개들이 조금씩 익숙해지고 모스크바 생활도 괜찮아졌지요. 그때쯤, 외할머니와 이모들이 놀러 왔어요. 덕분에 좋은 추억도 만들었어요.
모스크바에서도 행복했지만 가끔은 친할아버지, 친할머니, 외할아버지, 외할머니, 이모들, 친구들이 정말 보고 싶었어요. 그때는 영상전화가 없었거든요. 그리고 공동육아 '즐거운' 어린이집에도 가고 싶었어요.
다행스럽게 아빠의 공부가 계획대로 끝나서 우리는 나중에 서울로 돌아가게 되었답니다.

딸
그리고 바실리 성당

모스크바에 도착한 딸과 엄마.
모스크바에 갓 도착한 가족들과 시내를 구경하기로 했다.
아빠는 그 유명한 바실리 성당과 붉은 광장, 레닌 묘, 굼백화점을
보여주고 싶었다. 모스크바에 온 사람들이 가장 많이 보고 싶어 하는
것들, 모스크바에서 가장 유명한 것들.
특히 아빠가 딸에게 보여주고 싶었던 것은 바실리 성당이었다.
설명이 필요 없을 만큼 유명한, 양파 모양의 지붕만 보아도 단번에
성당의 정체를 알 수 있을 만큼 개성이 뚜렷한, 형형색색의 지붕
색깔이 유치하면서도 귀여운 인상을 주는, 같은 성당을 다시는
못 짓게 하기 위해 성당을 만든 건축가 포스트니크 야코블레프의
눈을 멀게 했다는 잔인한 차르 이반 4세의 전설로도 유명한 바로
그 성당을 보여주고 싶었다.
붉은 광장 끝자락에 비현실적으로 서 있는 바실리 성당을 본 엄마와
딸, 두 사람은 무척 좋아했다. 아마도 아빠가 처음 바실리를 봤을

때와 비슷한 감동이 아니었을까? 붉지 않은 붉은 광장을 걸으며,
가족은 수다를 떨었다. 그리고 박물관보다 멋진 굼백화점에 들어가
아이스크림도 사 먹었다.

아빠는 이상했다. 모스크바에서 가족들과 함께 걸을 수 있다는 것이
정말 꿈만 같았다. 딸에게 "저게 바실리 성당이야!"라고 말해줄 수
있는 것이 현실 같지 않았다. 한강이 아닌 모스크바강을 걸으며,
깔깔거릴 수 있다는 사실이 믿기지 않았다.
그렇게 시내 곳곳을 걸으며, 행복을 만끽했다. 아빠는 뿌듯한
기분으로 집에 돌아와 딸에게 물었다.

태희야, 오늘 본 것 중에 뭐가 가장 기억에 남아?

딸은 잠시 고민하더니, 이렇게 대답했다.

어! 오리 궁둥이 성당! 오리 궁둥이가 지붕에 달린 성당!

딸은 바실리 성당을 말하는 것이었다.
아빠는 분명히 '양파'같이 생긴 지붕이라고 설명해줬는데,
딸은 '오리 궁둥이'로 기억하고 있었다.
물론, 가족들은 그 후로 바실리 성당을 '오리' 성당이라고 불렀다.

2008. 06

바실리 성당 사진을 볼 때마다
이런 생각이 들어요.
'정말 내가 여기에 가봤나?'
정말 가봤겠죠?

" 딸아, 네 눈으로 세상을 보렴! 남이 보여주는 세상이 아닌,
네가 직접 보는 세상, 그것이 바로 진짜 세상이란다! 진짜 너의 세상! "

한글학교에서
유일하게 한글을 모르는 한국인

모스크바에서 아빠는 학생이자 선생이었다. 주중에는 박사과정 대학원생이었고, 주말에는 모스크바 한글학교 교사였다. 아빠는 유학 기간 내내 모스크바 한글학교에서 러시아 사람들에게 한국어를 가르쳤다. 엄마도 아빠와 함께 모스크바에 있는 동안 일종의 자원봉사를 했다.

9월 새 학기가 시작되면 모스크바 한글학교를 가득 채운 학생들을 보면서 한편으로는 열심히 가르쳐야겠다는 생각을, 다른 한편으로는 (나도) 열심히 공부해야겠다는 다짐을 했다. 한글학교는 확실히 아빠의 유학 생활의 활력과 같은 존재였다. 누가 시켜서 하는 것도 아니었고, 돈을 많이 벌 수 있는 일은 더더욱 아니었다. 유치원생부터 환갑이 넘은 어르신들까지 다양한 사람들이 그저 한국이 좋다는 이유로, 한국어를 배우고 싶다는 이유로 일요일마다 학교를 찾았다. 심지어 국적까지 다양했다. 러시아 사람들은 물론이고, 우즈베키스탄이나 카자흐스탄 사람들도 있었고 가끔은 중국이나 일본 사람도 만날 수 있었다. 배움에는 나이가 중요하지 않다는 단순한 진리가, 배움에는 국경이 없다는 사실이 고스란히 증명되는 장소였다.

아빠는 그 기분이 좋았다. '공부'라는 것도 좋았지만 자신이 원하는 무언가를 위해 자발적으로 움직이는 사람들의 모습이, 그 '의지'가 참 멋졌다. 딸에게 그런 '멋'을 보여주고 싶었다.
아빠가 살짝 딸에게 물었다.

아빠가 가는 한글학교에 같이 가보지 않을래? 너, 한국말을 잘하지만 아직 한글을 쓸 줄 모르잖아. 어린이반도 있거든. 러시아 친구들도 사귈 수 있고 좋잖아. 끝나면 초코파이도 준대.

딸은 아빠의 설득에 따라나섰다. 그리하여 가족 모두가 일요일엔 한글학교에 갔다. 그리고 매주 일요일, 초코파이를 먹었다. 러시아에 진출한 한국기업들이 음으로, 양으로 한글학교를 도와주고 있었다.
아빠와 엄마는 교사로, 딸은 학생으로. 아빠는 한국이 아닌, 타국에서 가족 모두가 함께 같은 곳에서 무언가 '보람 있는' 일을 할 수 있다는 것이 참 좋았다. 행복했다.
그리고 내심, 한글을 전혀 모르는 딸이 한글학교를 통해 (혹시나) 한글을 깨우칠 수 있진 않을까 기대도 '살짝' 했다. (다른 학생들과 달리 딸은 한국어 원어민이니까 쉬울 것이라는 착각에!)
한 달이 지났을 무렵, 아빠는 넌지시 딸에게 물었다.

태희야, 요즘 일요일에 다니는 한글학교 재미있니?

딸은 천진하게 아주 재미있다고 했다.
아빠는 (용기를 내서) 조금 더 깊게 물어봤다.

아, 그래? 뭐가 재미있어?

딸은 보여줄 게 있다면서, 공책 하나를 들고 왔다. 그리고 당당하고 자랑스러우면서 우렁찬 목소리로 이렇게 말했다.

그림 그리는 거!

아빠는 한글 공부만으로는 지루할 수 있으니 수업 시간에 아이들이 좋아할 만한 그림 그리기, 노래 부르기 같은 다른 활동도 한다고 생각했다. 하지만 딸의 다음 얘기를 듣고 그것이 완벽한 착각임을 깨달았다.

이게 바로 내가 수업 시간에 그린 나뭇가지들이야! 예쁘지?

정말 딸의 공책에는 '나뭇가지'들이 그득했다.
딸은 그렇게 매주 일요일 교실에 앉아 '한글 쓰기' 대신 '나뭇가지 그리기'를 했던 것이다. 딸의 눈에는 ㄱ, ㄴ, ㄷ, ㅏ, ㅑ, ㅓ, ㅕ가 나뭇가지였다. 그래서 선생님이 러시아 말로 설명해주는 한글에 대해서는 전혀 알아듣지 못하고, 칠판에 잔뜩 그려진 나뭇가지들만 열심히 따라 그렸던 것이다. 그것도 수업에 방해되지 않게, 조용하고 '즐겁게' 말이다.

당시 러시아어를 전혀 몰랐던 그리고 한글이 뭔지도 전혀 몰랐던 딸에게 러시아어로 진행되는 한글 교육은 어려움 그 자체였다. 하지만, 딸은 진정 그것을 즐기고 있는 것 같았다. 딸은 꽤 진지한 아이였고, 자신이 러시아 어린이들과 함께 무엇을 할 수 있다는 것만으로도 충분히 만족스러웠던 것 같다.

아빠는 이렇게 생각했다. 한글도 좋고, 그림도 좋다. 딸만 즐겁다면야. 그리고 이렇게 생각했다.

한글은 천천히 배워도 늦지 않아!

2008. 09

“ 딸아, 사람들은 “배움에는 때가 있다”고 말하지만, 너는 그렇게 생각하지 않았으면 좋겠다. 배움에 때가 있는 것이 아니라, 배우고 싶을 때가 바로 진짜 ‘때’일거야. ”

인생이 뭐냐고
물으신다면

2008년의 마지막 날.
아빠와 딸은 길고 긴 러시아의 밤을 방바닥에서 뒹굴면서 보내고 있었다. 당연한 듯 창밖은 환했다. 눈빛 때문이었다. 너무 자주 와서 언제 왔는지 가늠조차 되지 않는 눈들이 쏟아내는 빛은 러시아의 겨울밤을 늘 하얗게 밝혀주고 있었다.

딸이 여섯 살이 되기 몇 시간 전, 아빠와 딸은 방바닥에 누워 인생에 대해 진지한 대화를 나눴다.
아빠가 먼저 물었다.

태희야, 인생을 뭐라고 정의할 수 있겠니?

태희는 방바닥에 누워 아주 성의 없게 이렇게 대답했다.

인생은 축구공이지 뭐!

저렇게 방바닥에서, 저렇게 성의 없이 던진 대답치고는 너무 멋졌다.

삶은 둥글고
삶은 어디로 굴러갈지 모르며
삶은 때론 빠르고 강하게 때론 느리게 흘러가지만,
결국엔 몰고 가는 선수에게 달린 것!

아빠는 딸에게 인생의 의미를 배운 뒤 기분이 좋아졌다. 새해에는 뭔가를 막(!) 할 수 있을 것만 같았다.
그리고 몇 시간 뒤 딸과 함께 새해 폭죽놀이를 보면서 축구공 같을 새해의 삶을 멋지게 드리블하고 싶다는 생각을 했다.

그해도 매년 그랬듯 모스크바의 새해 폭죽은 길기도 길었다.
화려한 폭죽이 날 밝을 때까지 장관을 이뤘다.

2008.12

“ 딸아, 네게도 인생이 ‘공’이었으면 좋겠다. 재미있게 가지고 놀 수 있는 것. 네 인생이 너에게 최고의 놀이였으면 좋겠다. ”

썰매를 타고 달리는 기분을 표현한 노래

모스크바에 살던 시절, 딸에게 겨울은 천국이었다.
(사실, 아빠에게도 천국이었다.)

살던 아파트 단지 앞에서는 작은 공원이 있었고, 그곳에는 웬만한 한국의 눈썰매장은 울고 갈 정도로 멋진 언덕이 있었다. (사실 작은 공원은 수년 간 공사 중이었고, 덕분에 생긴 '멋진' 언덕이 방치되고 있었다.)

아빠와 딸은 시간이 날 때마다 심하게 두툼한 점퍼를 입고서, 멋지고 커다란 썰매를 두 개 끌고 가 언덕에서 신나게 즐겼다. 서른 넘은 어른이 아파트 단지에서 아이와 썰매를 타는 모습이 한국인의 눈에는 영 이상할지도 모르지만, 러시아에서는 ('자연스러운'까지는 아닐지 몰라도) 충분히 '있을법한' 일임은 확실했다.
아빠와 딸은 그 썰매장에서 할아버지도 만났고, 아저씨와 아주머니도 많이 만났다. 물론, 다 러시아 사람들이었다.
아빠랑 썰매를 타러 가는 길에 신이 난 딸은 자주 큰 소리로 노래를 불렀다. 추워서 입도 제대로 못 벌리면서 노래를 어찌나 크게 부르던지.

어느 날,
딸은 아빠의 귀에도 익숙한 동요를 두 곡 정도 부르다가 갑자기 동요 부르기를 멈췄다. 아빠가 왜 노래를 계속 부르지 않느냐고 묻자, 딸은 도무지 동요가 생각이 안 난다고 했다. 아빠는 그럼 아무 노래나 부르라고 했다. 딸은 좋다면서 정말 '아무' 노래를 불렀다.

처음에 사랑할 때 그이는 씩씩한 남자였죠. 밤하늘에 별도 달도 따주마 미더운 약속을 하더니.

놀란 아빠가 딸을 빤히 쳐다봤지만, 딸은 신경 쓰지 않고 신나게 노래를 부르고 있었다. 딸이 부르는 신나는 노래가 모스크바 온도를 살짝 높여주는 것 같았다.

아빠는 알고 있었다.
그 노래는 엄마가 기분 좋을 때 부르는 노래라는 사실을.
썰매를 타러 가는 딸도 분명히 엄마처럼 기분이 좋으니 그 노래를 부르는 것이라는 것도.

모스크바 겨울의 썰매도 좋았지만,
엄마, 아빠와 함께 탈 수 있다는 사실이 더 좋았어요.
어른들이 썰매를 타는 것도
자연스러운 곳이었으니까요.

지금, 딸은 더는 그런 노래를 부르진 않지만 아빠는 눈이 많이 오는 날이면 그 노래의 멜로디를 흥얼거리며 혼자 떠올린다.
공사 중인 언덕 썰매장, 어른들이 신나게 타는 썰매 그리고 행복했던 딸의 표정을!

몇 년의 시간이 흐른 뒤, 아빠는 (공사 중이었던) 그 썰매장을 다시 찾았다. 여름이어서 그런지 썰매장의 느낌은 전혀 나지 않았고, 수년간 지속하였던 공사도 모두 끝나 너무 평범하게 아름다운 (진짜) 공원처럼 보였다. 아빠는 딸과 달리던 썰매 길을 다시 걸으며 나지막하게 딸과 엄마가 기분 좋을 때 불렀던 그 노래를 흥얼거렸다.

처음에 사랑했던 그이는 씩씩한 남자였죠…….

2009. 01

" 딸아, 어린이라고 꼭 동요만 부를 필요는 없단다.
네가 부르는 모든 노래가 동요거든. 네가 즐겁게 부를 수 있다면,
그게 바로 너를 위한 노래야. "

먹보가 생각하는
배의 의미

여섯 살 딸은 '먹보'였다. 뭐든지 맛있게, 많이 먹는 아이였다.
아빠는 그런 모습이 참 좋았다.

아빠는 남자 후배들을 불러 집에서 보드카를 마시며 늙은 유학생 스트레스를 풀곤 했다. 모스크바는 물가가 살인적이었고, 술값은 비쌌고, 안줏값은 더더욱 비쌌다. 가난한 유학생들에게는 그저 삼겹살에 보드카가 최고였다. 그런데 미스터리하게도 집에 손님이 오는 날이면 딸은 많이 먹지 않았다. 맛있는 것도 사양, 먹어도 아주 적게. 특히 아빠의 남자 후배들이 오는 날이면 밥 먹는 양이 더 줄었다. 아빠는 걱정되었다. 혹시 아빠의 남자 후배들이 불편해서 그런 것은 아닌가 싶어 미안하기도 했다. 혹시, 아빠가 보드카를 마시는 것이 싫어서 무언의 시위를 하는 것은 아닐까 고민에 빠지기도 했다.

아빠가 걱정스러운 마음으로 조심스레 물었다.

태희야, 왜 삼촌들이 오면 밥을 많이 안 먹니?
삼촌들이 불편해서 그러니? 이제 부르지 말까?

딸은 대답은 심플했다.

에고! 삼촌들 왔을 때, 많이 먹어서 배가 볼록 나오면 창피하잖아.
호호호.

아빠의 걱정은 딸의 웃음과 함께 싹 사라졌다.

"볼록 나온 배가 창피하다"는 딸의 말에 오히려 자극을 받은 쪽은 아빠였다. 공부한다는 핑계로 운동을 멀리했고, 책상머리에 앉아 읽고 쓰는 일만 하다 보니 몸이 엉망이었다. 그래서 (과감히) 복근 운동을 시작했다.
하루, 이틀, 사흘, 나흘이 지나고, 아빠는 자신의 몸에 근거 없는 자신감이 생기기 시작했다. 본질에서는 전혀 달라진 것이 없음에도.
아빠가 거울 앞에 서서 딸을 불렀다. 그리고 배를 보여주며 물었다.

'초콜릿' 복근 장난 아니지? 보여? 보여?

아빠의 호들갑에 딸은 이렇게 응수했다.

뭐? '아몬드' 초콜릿?

'아몬드 초콜릿'처럼 불룩 나온 배를 보며, 아빠는 얼굴이 빨개졌다.
(살짝) 부끄러웠다. 하지만 그날만은 딸의 한마디 덕분에,
복근 운동이 필요 없을 만큼 배가 심하게 아프도록 웃었다.

아빠는 깨달았다.
유학생 아빠를 위한 스트레스 해소법은 화끈한 보드카가 아닌,
시원한 딸의 웃음이라는 사실을. 그리고 윗몸일으키기보다 효과적인
운동이 딸과의 대화라는 사실도.

2009. 03

" 딸아, 같이 운동을 해보자! 사랑하는 사람을 지켜주겠다는 말은
몸과 마음을 함께 지켜준다는 말이거든. "

뽀뽀의 기술

묘하게 개방적이면서도 폐쇄적인 사회, 러시아.
동성애에 대해서는 지독하게 폐쇄적이지만 길에서 애정 표현을 하는 것, 텔레비전 드라마를 통해 볼 수 있는 애정 표현의 수준은 상당히 높(은 것 같)다.

딸 역시 안팎에서 본의 아니게 '찐한' 애정 표현을 자주 보았다. 딸은 그런 애정 표현에 살짝 거부 반응을 일으켰다. 그럼에도 아빠는 확신했다. 여자친구의 키스를 싫어하는 남자친구가 없듯, 자식의 뽀뽀를 싫어하는 부모는 없다. 아빠도 당연히 딸의 뽀뽀를 좋아하는 것처럼 딸도 당연히 아빠와의 뽀뽀를 좋아할 것이다. 그래서 시도 때도 없이 뽀뽀 테러를 했다.
아빠가 딸에게 '쪽', '쪼조쪽' 하고 볼에 뽀뽀해준 뒤 물었다.

태희야, 넌 언제 가장 행복하니?

아빠는 항상 답이 정해진 질문을 했기 때문에 딸은 아빠가 원하는 답을 알고 있었다. 이런 경우 정해진 답은,

아빠가 뽀뽀해줄 때!

이다. 그렇지만 딸은 대부분 솔직했기 때문에 아빠는 '원하는 답'을 듣기가 어려웠다.

아빠가 뽀뽀…

아빠가 흐뭇한 표정을 지으려는 순간, 딸이 말을 이었다.

…했는데, 내 볼에 침이 안 묻었을 때!

아빠는 손등으로 입을 한 번 닦고, 딸에게 미안하다고 했다.
하지만 속으로는 이렇게 생각하고 있었다.

흥! 침까지 사랑해야 진짜 사랑이지!

며칠간, 아빠는 딸에게 뽀뽀를 할 용기가 생기지 않았다. 그러자 이번에는 딸이 와서 아빠의 볼에 쪽 뽀뽀를 했다. (전혀 침을 묻히지 않고 말이다.) 아빠의 표정이 달처럼 환해지자, 딸이 뽀뽀보다 더

달콤한 한마디를 했다. 그리고 늘 그랬듯, 유유히 사라졌다.

이그, 아빠는 항상 내 마음속에 있어!

2009. 04

“ 딸아, 표현하지 않으면, 사랑을 전달되지 않는단다. 말로 하기 쑥스럽다면, 행동으로 보여주면 돼. 표현하지 않는 사랑은 작아지고, 표현하면 할수록 사랑은 커지는 법이거든. ”

아빠는 패션 테러리스트예요. 언제나 자기가 입고 싶은 대로 입어요.
저는 늘 아빠 스타일을 존중해줍니다.
그래야 아빠도 제 스타일을 인정해주거든요.

모스크바 2008. 06 ~ 2010. 05

휴지통을 뒤지는 딸

지금은 어떤지 모르겠지만, (광활한 대지 덕분인지) 2010년까지 러시아에서 분리수거는 그야말로 남의 나라 이야기였다. 그래서 쓰레기통에는 정말 (더럽게) 다양한 (더러운) 것들이 버려질 수밖에 없었다. 밖에서 분리수거를 할 필요가 없으니 집 안에 있는 쓰레기통들도 엉망이었다.

그런데 어느 날, 아빠는 당연히 심하게 더러울 수밖에 없는 그 휴지통을 뒤지고 있는 딸의 모습을 발견했다. 딸은 몸을 동그랗게 말아 쪼그리고 앉아 세상에서 가장 진지한 표정을 한 채 열심히 뒤지고 있었다. 무언가, 매우 중요한 것을 찾고 있는 것이 틀림없었다.

아빠는 그런 딸을 보고 순간 버럭 화가 났다. 하지만 바로 화를 낼 수도 없는 법. (아빠나 딸이) 화가 날 때마다 즉각적으로 표현해버렸다면, 사이좋은 부녀관계는 이미 오래전에 우주에서 소멸하였을 것이다.
욱해도 참자! 참아도 참는 척하지 말자!
아빠는 길게 한숨을 한 번 쉬고, 딸에게 물었다. 최대한 화를 꾹 누르고, 최대한 부드러운 목소리로, 이렇게!

태희야! 너 거기서 뭐 하고 있니?

아빠의 '(억지로) 부드러운' 목소리를 못 들었는지, 딸은 휴지통 뒤지기 삼매경에서 헤어나지 못하고 있었다. 아빠는 '참을 인忍'을 속으로 세 번 외치고, 최대한 부드럽게 다시 한 번 물었다.

왜 거기서 휴지통을 뒤지고 있니? 태희야.

아빠는 어금니를 꽉 물고, 화나지 않았다는 것을 강조하기 위해 억지스럽게 부드러운 억양으로 물었다. 너무 과하게 상냥해서 도리어 듣기 짜증스런 말투였다. 그 말투에 살짝 놀란 딸이 대답했다.

아까 아빠가 뭔가를 잃어버렸다고 했잖아요. 그랬더니 엄마가 '휴지통'에서 찾아보라고 했고, 그래서 지금 내가 그거 찾고 있어요. 조금만 기다리세요. 휴지통에서 찾을 수 있을 거예요.

아빠는 그 말에 얼어버렸다.
그러니까 불과 몇 분 전, 아빠는 논문을 쓰던 중이었고, '아주아주' 중요한 파일 하나가 사라진 것을 알게 되었다. 그래서 늘 그렇듯 '아주아주' 호들갑을 떨었다. 아빠가 엄마에게 혹시 '아주아주' 중요한 파일을 보지 못 했냐고 물었고, 엄마는 이렇게 대답했었다.

여보, 혹시 모르니 '휴지통'을 한 번 뒤져보세요.

그래서 딸은 분리수거도 안 된 휴지통을 뒤지고 있던 것이었던 것이었다. 딸은 컴퓨터에도 휴지통이 있다는 사실을 모르고 있었다. (그 뒤로도, 심지어 10대가 된 지금도 컴퓨터에 도통 관심이 없다.) 아빠는 컴퓨터 속 휴지통을 모르고 컴퓨터 밖 휴지통을 뒤졌던 딸이 너무 사랑스러웠다.

2009. 05

" 딸아, 아빠도 너를 위해 언제든지 쓰레기통을 뒤질 준비가 되어 있단다. 너를 위해서라면 변기통도 뒤질 수 있어. "

모스크바 2008. 06 ~ 2010. 05

아빠가 죽으면 어쩌지

다른 아이들과 마찬가지로 딸은 죽음을 두려워했다.
특히, 모스크바에 살던 대여섯 살 무렵에는 더욱 그랬다.
한국과는 달리 러시아 텔레비전에서는, 특히 뉴스에서는 흉하고
보기 싫은 장면을 어렵지 않게 볼 수 있었다. 2008년 러시아와
그루지야조지아 간 벌어진 크림 전쟁의 참상을 가감 없이 보여줬고
뉴스를 통해 살인 사건 CCTV 영상도 자주 볼 수 있었다. 한국인이나
동양인에 대한 혐오 범죄에 대한 소식도 왕왕 들려왔다. 어디서
중국인이 살해되었다, 한국인이 인종 혐오 범죄의 표적이다 등.
딸은 어쩔 수 없이 그런 소식들을 접했고 그래서인지 '죽음'에 대한
두려움이 컸다. 특히, 갑자기 죽을 수도 있다는 생각을 하는 것
같았다. 사실 많은 사람이 그렇게 갑자기 죽었다. 한 번은 아빠의
교수님 동네에서 꽤 심각한 유색 인종 살인 사건이 있었고,
딸도 그 사건을 알고 있었다.
그래서 아빠는 더욱더, 일부러 죽음에 대해 자주 말했다.

마치 대수롭지 않은 일이라는 듯. 죽음이라는 것은 마치 러시아의 눈처럼 별거 아니라는 듯. 하지만 한국인들에게 러시아의 폭설이 별거 아닐 수 없듯, 딸에게 죽음은 별것이 될 수 없었다.
아빠도 알고 있었지만 대안이 없었다. 그래서 가끔은 죽음에 관한 말도 안 되는 문장들을 주절거리곤 했다.

그러다 아빠 '죽'는다.
'죽'은 뒤, 하늘나라에서 만나면 된다.
아빠는 절대 '죽'지 않는다.
'죽'었다가 살아나는 경우도 있다.
아빠도 어렸을 때, '죽'음이 두려웠다.
아빠가 대신 '죽'어 줄 테니 걱정 마라.

딸은 때로는 '죽음'에 대해 몹시 진지하게 생각하며 무서워하기도 했지만, 때로는 몹시 태연해하기도 했다. 때로는 아빠의 영생을 진짜 믿는 것 같았고, 때로는 아빠의 불멸을 완전히 비웃고 있는 것 같기도 했다.
아빠는 차마 결국, 우리는 모두 헤어지고 말 거라는 진실을 말할 수 없었다. 아무도 죽지 않을 수 없고, 그 어떤 아름다운 인연도 영원할 수 없다는 사실을 차마 직접 말할 수 없었다. 아빠는 그렇게 믿고 있었지만, 그 믿음을 딸에게 함부로 말할 수 없었다.

이런 일도 있었다.
친하게 지내던 한인 가족이 있었는데, 그들은 독실한 기독교 신자들이었고, 딸은 그들을 통해 세상 뒤에 천국과 지옥이 존재한다는 얘기를 들었다. 그리고 무신론자인 자신과 엄마, 아빠는 천국에 갈 수 없다는 충격적인 사실(?)을 알게 되었다.

딸은 엄마, 아빠에게 그 충격적인 사실(?)을 아느냐 물었고 아빠는 애써 태연한척 했지만 현명한 대답을 내놓지는 못했다.
딸이 죽음에 대해 고민하는 것도 심지어 죽음을 고민하는 딸도, 이 모든 것들이 시간이 지나면 눈 녹듯 사라진다는 것을 알고 있었지만, 마음 한편이 영 불편했다. 전쟁에 관한 이야기도, 종교에 관한 이야기도 어린 딸에게 함부로 해줄 수 없는 까닭이었다.

그러던 어느 날, 저녁 식사 중에 가족들이 죽음에 관한 이야기를 (또다시) 하게 되었다.
이런저런 일종의 토론 비슷한 것을 한참 한 뒤, 아빠가 딸에게 이런 질문을 하게 되었다. 그것은 분명히 의도적으로 한 것이 아니라 '하게 되어버린' 것이었다.

태희야! 만약에 아빠, 엄마 죽으면 넌 누구랑 같이 살래?

자신이 던진 질문을 주워 담을 수 없다는 사실을 안 아빠는 대략

난감한 표정을 지었다. 그리고 그 난감한 표정을 읽은 엄마는 더 난감한 표정으로 고개를 저었다. 하지만 딸은 의외의 '천진함'을 발휘했다.

아빠, 뭘 걱정이야! 그럼, 남편이랑 살면 되지.
그런 거 걱정하지 말아요.

아빠는 생각했다. 좋은 남편을 만나 행복해지면 그게 바로 '천국'이지. 아빠는 딸을 과하게 걱정하고 있었다. 사실 사랑하는 사람을 만나면 다른 고민은 사라지는 법인데.

2009. 07

" 딸아, 사랑의 대상이 영원할 순 없단다. 네가 영원히 간직해야 할 것은 사랑의 '대상'이 아니라 '사랑', 그 자체야! "

모스크바 2008. 06 ~ 2010. 05

모스크바에서 아빠가 가장 좋아했던 곳이에요.
다리 위에 앉아 있으면 기분이 정말 좋아져요.
(Патриарший мост, 파트리아르쉬 다리)

모스크바는 밤도 정말 아름다워요.

엘리베이터에서는 밝힐 수 없는 '참' 좋은 이유

한국 아파트의 엘리베이터와는 달리 러시아 (물론, 서민) 아파트의 엘리베이터는 '러시아다움'이 있다. 좁고, 소리가 크고, 어둡고, 가끔 멈출 것 같은 분위기도 연출하고, 심지어 실제로 멈추기도 하고. 물론, 신식 아파트에는 그에 걸맞은 엘리베이터가 있지만, 오래된 아파트가 많은 모스크바에서 '좋은' 엘리베이터를 만나는 일은 쉽지 않다.

그래서 아빠는 딸과 늘 엘리베이터를 함께 타려고 했다. 딸은 엘리베이터를 좋아하지 않았다. '러시아다움'은 괜찮았지만, 가끔 만나야 하는, 러시아만큼 거대한 개(들)를 무서워했다. (모스크바 시민들은 대궐에 살지도 않으면서 대궐에 어울리는 개를 키웠다.)

그날도 딸과 아빠가 나란히 좁은 엘리베이터에 서 있었다. 다행스럽게도 견공은 탑승하지 않았다. 엘리베이터의 소음을 깨고 딸이 뜬금없이 이런 말을 던졌다.

아빠는 '참' 좋겠다!

'참'을 강조한 말투였다. 아빠는 조금 어이가 없었다. 나쁠 건 없지만,
또 좋을 건 뭐람. 그것도 뜬금없이 '참' 좋은 이유가 뭘까? 아빠는
딸에게 이유를 물었다. 딸은 웃으며 대답을 해주지 않았다. 아빠는 몹시
궁금했지만, 안 궁금한 척했다. '잠시'를 못 참고 다시 물었지만, 역시
딸은 웃으며 대답을 해주지 않았다. 딸은 엘리베이터가 '안전하게'
멈추면 말해주겠다고 했다. 그리고 웃었다. '참' 이상한 딸이었다.

딸에겐 그런 재주가 있었다. 아빠를 간절하게 만드는 재주,
아빠에게 묘한 기대를 주는 능력. 이윽고 엘리베이터가 멈췄고,
아빠는 딸의 대답을 기다렸다.
도대체 아빠가 '참' 좋은 이유가 뭘까? 다소 과한 굉음과 함께
엘리베이터 문이 열렸다. 딸은 대답도 없이 휘리릭 뛰쳐나갔다.
아빠도 딸을 따라 뛰었다. 그리고 딸의 뒤통수에 소리쳤다.

도대체 내가 '참' 좋은 이유가 뭐냐고!

그제야, 딸은 까르르 웃으며 이렇게 대답했다.

왜 좋긴? 나 같은 딸이 있으니까 좋지! 안 그래?

대답을 들은 아빠는 딸의 두 배로 웃었다.
까르르까르르. 그리고 나름의 반격을 시도했다.

그럼, 너도 나중에 내 딸같이 예쁜 딸을 낳아보시던지!

야심 찬 반격이었다. 하지만 딸의 반응은 뜻밖에 시큰둥했다.
(그런 딸은 필요 없다는 표정을 지으며) 고개를 좌우로 흔들었다.
아빠는 이해할 수 없었다. 그래서 왜 그런 표정과 그런 행동을 하는지 물어봤다. 딸은 진지한 톤으로 이렇게 말했다.

아빠, 나는 아빠 딸 같은 딸을 낳을 필요가 없어! 절대! 왠지 알아?

이번엔 아빠가 고개를 좌우로 흔들었다. 아빠는 이해할 수 없었다.
아빠는 어떤 표정과 어떤 행동을 해야 할지 몰랐다.
그 순간, 딸이 한 말.

나한테는 아빠가 있잖아! 아빠! 아빠면 충분해!

2009. 08

"딸아, 하나만 있어도 '충분'한 것이 바로 진짜 사랑이야.
욕심을 내지 않아도 행복한 것, 바로 그게 사랑이야. 충만함을 느낄 수 있는 바로 그거!"

진짜로 아빠의 삶이
영원할 수 있다면

아빠는 딸에게 자주 이런 거짓말을 했다.

아빠는 죽지 않는다!

그래서 어린 딸은 (가끔) 정말 '아빠가 영원히 죽지 않는 존재'라고
믿는 것 같았다. 아니 믿어준 것 같았다. 그것은 마치 딸이 당시
산타클로스나 배트맨(?)을 믿어야 하는 것과 같았던 같다.
(믿는 척했던 것 같기도 하다.)

어느 날, 발코니에 앉아 모스크바의 가을을 만끽하고 있는 아빠에게
딸이 무언가를 물어보고 싶은 듯 눈치를 살피고 있었다.

딸도 알고 있었다.

아빠가 모스크바의 가을을 굉장히 좋아한다는 사실을. 짧아서 더 아름다운, '황금의 계절'이라고 불리는 모스크바의 가을을 아빠는 참 좋아했고, 특히 그 가을 하늘을 보며, 발코니에 앉아 책을 읽는 것을 지상 최대의 행복 (혹은 사치)라고 믿고 산다는 것도 알고 있었다. 작은 방에 딸린 발코니는 아빠에게 숨통 같은 곳이었다.

하지만 딸은 입의 간지러움을 참지 못하고 질문을 던졌다.

아빠는 정말 죽지 않아?

아빠는 읽던 책을 덮고, 최대한 태연한 척 이렇게 대답했다.

그럼! 그럼!

딸은 사뭇 진지했다.

아빠, 아빠 정말정말 죽지 않아?

아빠도 딸처럼 진지하게 그러면서도 태연하게 대답했다.

그럼! 그럼!

사실, 모스크바의 여름도 좋아요.
세상이 밝아지고,
사람들도 더 친절해지거든요.

딸은 다행스럽다는 표정을 지으며 이렇게 말했다.

그럼, 아빠가 목숨을 좀만 떼어서 엄마를 줘. 엄마는 영원히 살지 못한대. 엄마도 좀 살아야 할 것 아니야?

딸의 말투에는 아빠에 대한 미안함과 엄마에 대한 간절함이 묻어있었다. 아빠는 발코니에 서서 자신의 대답을 기다리고 있던 딸이 너무 사랑스러웠다. 아빠는 웃으며 그렇게 하겠노라 대답했다. 그리고 책을 다시 펼쳤다. 모스크바의 가을이 아름답게 느껴졌다.

얼마 전, 엄마는 심하게 아팠다. 가을날의 감기몸살로 고생하고 있었다. 한국에서 가져온 약은 바닥이 났었고, 러시아의 의료 혜택을 받을 수 없는 상황이었다. 그렇게 며칠간 누워있었던 엄마를 보고 딸은 걱정을 하고 있었던 것이다.

2009. 09

" 딸아, 자신이 아닌 누군가의 '죽음'에 대해 진지하게 걱정하고 있다면, 네게 그 '누군가'는 정말 소중한 사람이라는 사실을 잊지 말길. "

이것이야말로 바로 진짜 선물

어린이날, (물론, 한국의 어린이날 5월 5일에!)
아빠가 여섯 살 딸에게 물었다.

태희야! 갖고 싶은 선물 있니?

딸은 생뚱맞게 '걸레'를 갖고 싶다고 했다. 청소할 때 쓰는 바로 그 '걸레' 말이다. 아빠는 정확히 듣고도 믿을 수 없어 다시 물었다.
하지만 딸의 대답은 같았다.

걸레!

아빠는 여전히 이해할 길이 없었다. 그래서 이유를 물었다.
왜 걸레가 필요한지.

걸레를 사주시면, 엄마 일하실 때 제 걸레로 도울 수 있잖아요!

물론, 딸은 '걸레' 선물을 받지 못했다.
어린이날, 아빠가 딸에게 큰 선물을 받은 기분이었다.

딸의 생일 아침, 선물을 준비 못 한 아빠가 걱정하고 있었다.
그 걱정을 눈치챘는지 딸은 이렇게 말했다.

아빠! 낳아주셔서 정말 고맙습니다!

아빠는 받을 준비도 못 한 채, 딸에게 큰 선물을 또 받고 말았다.
그것도 딸의 생일에!

성탄 전야, 딸은 산타할아버지께 기도하고 있었다. (딸은 초등학교 2학년 때까지 산타할아버지의 존재를 100% 믿고 있었다.)
아빠는 딸의 기도 내용이 궁금했다. 딸은 아빠에게 '비밀'을 살짝 공개했다.

산타할아버지! 저는 이미 선물을 많이 받았으니, 올해는 가난한 친구들에게 선물 많이 주세요.

딸은 할아버지, 할머니, 아빠, 엄마, 이모들에게 이미 선물을 많이
받았으니 다른 사람들을 위해 기도하고 싶다고 했다.
딸은 그렇게 아빠에게 선물의 가치가 무엇인지 보여줬다.
아빠에게 딸이야말로 정말 큰 선물이었다.

아빠는 딸과 함께한 러시아 유학 시절에 대한 미안함이 늘 컸다.
특히, 무슨 기념일에는 더욱 그랬다. 아빠는 가난한 유학생이었고,
모스크바의 물가는 서울의 물가보다 비싸서 작은 선물 하나 제대로
사줄 수 없는 형편이었다. 그럴 때마다 아빠가 아닌, 딸이 선물을
했다. 그것도 너무 비싼, 하지만 아무리 많은 돈으로도 살 수 없는
그런 가치의 것들을.

2009.12

“ 딸아, 선물 ‘주기’의 행복을 깨닫는 순간이 바로,
선물의 진짜 ‘가치’를 알게 되는 순간이란다. 선물 ‘주기’의 행복을
알려줘서 고맙다. ”

화장실 좀
만들어 주세요

태희야, 조금 전에 화장실 다녀왔잖아! 그런데 또 가?

아빠가 외출 전에 딸에게 자주 하는 말.
이상하게도 딸은 외출 전에 화장실에 자주 가는 버릇이 있다.
지금까지 말이다. 딸뿐만 아니다. 엄마도 그렇다. 사실 아빠도 그런 편이다. 그리고 사실 그것은 '이상'할 것도 없다.

사연은 이러하다.
모스크바에 살던 시절, 딸의 고민 중 하나가 바로 화장실이었다.
집 안에서는 아무런 문제가 없었지만, 나가기 전 혹은 나가서 '늘' 문제였다. 특히 겨울에는 더 큰 문제였다.
모스크바의 겨울은 서울의 그것과는 비교할 수 없을 만큼 추웠다.
그래서 화장실도 더 자주 가고 싶게 만들었다.

하지만 (공중) 화장실은 많지 않았다.
서울에서 흔한 지하철 화장실도 없었다. 러시아 사람들은 그 문제를 어찌 해결하는지 알 수 없었지만, 한국 사람들, 적어도 딸에게는 간단한 문제가 아니었다. 식당이나 큰 쇼핑몰에 가지 않는 한 참아야 했다. 혹은, '토이토이TOITOI'라는 길거리의 간이 화장실을 이용해야만 했다. 사용료가 천원도 되지 않았지만, 문제는 요금이 아닌 청결 상태였다. 딸의 표현을 빌자면, 나오려던 것도 쏙 들어가게 만드는 수준이었다.
가족들은 간이 화장실을 최대한 피하고 싶었다. 겨울은 겨울대로, 여름은 여름대로 불편했다. 겨울은 너무 추워서, 여름에는 그 냄새가 너무 지독해서. 그 불편을 피하기 위해선 미리미리 해결하는 것이 유일한 방법이었다. 지하철역에 화장실이 없는 까닭에 맥도날드와 같은 패스트푸드 식당에 있는 화장실은 늘 붐볐다.
딸은 (물론 엄마도) 2년 동안 그렇게 지냈다. 외출하기 전엔 잊지 말자! 화장실!
모스크바를 떠난 지 꽤 되었지만, 그 버릇 아닌 버릇은 여전히 몸에 남아 있었다.

아빠는 그런 딸을 보며 미안함을 느낀다.
서울이었으면 절대 고민하지 않아도 될 일.
그때를 생각하면 너무 미안한데, 여태까지 딸의 몸이 그 불편한 화장실을 고스란히 기억하고 있다니.

얼마 전, 모스크바 지하철에 화장실이 생겼다는 기사를 읽었다.
아빠는 기분이 묘해졌다. 다시 미안해졌고, 또 한편으로는
다행이라는 생각이 들었다.

*앞으로 모스크바 시민들이, 특히 어린이들이 지하철에서 화장실을
고민할 필요가 없겠구나!*

2010. 01

" 딸아, 쉽지 않겠지만 나쁜 것들은, 힘들었던 것들은 빨리 잊으렴.
우리 기억력은 생각보다 좋지 못해 좋은 것들만 기억하기에도,
추억하기에도 벅차거든. "

모스크바 2008. 06 ~ 2010. 05

큰맘 먹고 간
아프리카 여행의 기억

아빠의 박사 논문이 끝을 보이고(참고문헌 정리만 남겨두고) 엄마와 딸은 비자 날짜 때문에 귀국해야 할 시점이 거의 되었을 무렵, (몇 주 남지 않았을 때) 가족들은 있는 돈 그리고 없는 돈까지 다 긁어모아 일주일간 아프리카 여행을 떠나기로 했다.

행선지는 아프리카 이집트였다.
한국에서 이집트라고 하면 아주 멀게 느껴지고 실제로도 아주 멀지만, 러시아 사람들에게 가장 흔한 그리고 가장 저렴한 휴양지가 이집트, 터키다. 러시아에서 일하는 한국인은 물론이고 공부하는 한국 교환학생이나 유학생이 거의 빠지지 않고 가는 그곳이 바로 이집트와 터키이다. (지금은 러시아에서도 가기 힘든 곳이 되었지만.)

그런데도 (가난한) 아빠는 떠나기 전에 많이 망설였다. 과하게 비싸진 않았지만 넉넉하지 않은 살림이었고, 한국에 돌아가면 생각보다 돈이 많이 필요할 것이 분명했기 때문이었다. 하지만 엄마의 생각은 달랐다. 한국에 돌아가면 '절대' 갈 수 없는 곳이니 이번 기회에 빚을 내서라도 꼭 가자고 했다.

가족은 이집트행 비행기에 몸을 실었다. 첫 번째 가족 해외여행이었다. 모스크바에서 출발한 거대한 비행기는 이집트 후루가다Hurghada에 도착했다. 공항에서 질서란 찾아볼 수 없었다. 입국을 위해 비자를 사야 했는데, 줄은 없었다. 그냥 힘센 사람이 (스티커) 비자를 먼저 살 수 있었다. 아빠는 긴 팔을 내밀어 비교적 빨리 비자를 획득(?)했다. 공항 밖으로 나오니 수십 대의 관광버스가 기다리고 있었다. 러시아를 비롯해 세계 곳곳에서 온 관광객들과 그들의 짐을 숙소까지 운송하는 버스였다. 버스는 해안가를 따라 줄지어 있는 호텔에 관광객들을 차례로 내려주었다.

가족도 예약해 둔 리조트(호텔)에서 하차했다.
발코니에서 홍해가 아주 조금 보이는 방을 배정받고, 가족 모두 기뻐했다. 홍해에 발을 담글 때는 꿈같다는 말이 절로 나왔다. 이집트는 가족들에게 '이국적'이라는 말이 어떤 뜻인지 정확히 알려줬다.

후루가다에 일주일 동안 있으면서 카이로에 가서 이집트 도시 사람들이 사는 것도 보고, 신화 속 스핑크스도 두 눈으로 직접 보고,

피라미드 앞에서 사진도 찍었다. 룩소르 신전에서는 카르낙 신전을 보고는 감탄을 멈출 수 없었다. 40도가 넘는 더운 날씨가 문제되지 않을 정도로 경이로움의 연속이었다.
러시아 관광객들과 명소들을 구경했던 것도 색다른 경험이었다.
함께 이동했던 러시아 관광객들은 우리가 늦거나 다른 길로 가면 늘 챙겨줬다. 모스크바에 사는 러시아인에게는 기대하기 힘든 것이었다. 아마 그들도 이집트에서는 외국인이 된 까닭에 일종의 동질감을 느낀 것은 아닐까?
이집트에서 조촐하게 엄마의 생일 파티도 했다. 호텔 안 아시아 식당에서 국적 불명의 아시아 음식을 먹었다. 아프리카에서 먹는 아시아 음식!
과하게 친절하고, 시끄러운 이집트 호텔 직원들도 여행의 양념과 같은 재미를 줬다. 호텔 직원들은 영어를 잘 못 했고, 대신 러시아어를 수준급으로 했다.
아빠 머릿속에 이집트 여행은 특별하게 각인되어 있었다.
'긍정'이라고! 그것도 굵은 글씨로, 그것도 아주 진하게!

(초등학교에 들어가서) 딸이 글을 읽기 시작하고, 신화와 이집트 문화에 관심을 두게 된 후, 아빠가 물었다.

태희야, 아빠랑 엄마랑 같이 이집트 갔던 것 기억나지?

딸은 고개를 끄덕거렸다. 아빠는 흐뭇한 표정을 지으며, (속으로) 직접 보는 것이야말로 참교육이라고 자화자찬을 했다.
한국인 중에 이집트 가족 여행을 한 집이 얼마나 되겠어, 라고 되뇌며 뿌듯해했다. 그때 없는 살림에 큰 결단을 한 것이 자랑스럽기까지 했다. 그리고 딸에게 물었다.

그래, 그중에 뭐가 가장 기억이 나니?

딸은 잠시 고민에 빠졌다. 그리고 천진하게 이렇게 대답했다.

아빠가 카이로 선상 레스토랑에서 과식해서 심하게 체한 거.
그때 엄청나게 고생했잖아. 그리고 피라미드 앞에서 이집트 사기꾼에게 속아서 억지로 낙타 탔을 때 아빠 얼굴이 가장 기억나!
아빠는?

아빠는 아무 말도 못 했다.
맞다! 그런 일이 있었지. 물론, 잊을 수 없는 일들이었지.
사실, 어떻게 대답을 해야 할지 감도 잡히지 않았다.
그냥 웃고 말았다.

같은 것을 봐도, 같은 곳에 있어도 남는 것은 다르다는 사실을 왜 깨닫지 못했는지.

조금 머쓱하긴 했지만 그래도 딸에게 기억에 남는 추억을 '두' 개나 선사한 것 같아 다행이라고 위안했다. 그리고 앞으로는 가족 여행을 할 때 과식하지 말아야지! 물론, 사기꾼들도 조심하고!

2010. 05

“ 딸아, 보여주기만 하면 된다고 생각한 아빠가 미안하다. 여행은 '보여주기'가 아닌 '함께하기'인데. 단순한 진리를 또 너에게 배웠구나. ”

아쉽게도 이집트 여행이 잘 기억나지 않아요.
제가 이집트에 관한 책을 읽고 있을 때,
아빠가 "너, 거기 가봤잖아!"라고 했는데,
슬프게도 저는 기억이 나지 않았어요.

interview

태희에게
묻겠습니다

딸에게 러시아와 모스크바는 어떤 곳이었을까? 문학과 예술의 나라였을까? 아니면, 거센 바람과 하얀 눈으로 기억되는 나라일까?

모스크바 생활 편

가기 전

모스크바에 가기 전 심정이 어땠나요? 새로운 나라, 새로운 도시에 가서 살고 싶은 마음이 있었나요?

솔직히 없었어요. 서울에서도 잘 지냈는데, 굳이 거기까지 가야 하나 하는 생각이 들었어요. 그러나 아빠가 거기에 있었기 때문에 가야 한다고 생각했어요.

그럼, 아빠 때문에 '어쩔 수 없이' 간 것인가요? 억지로?

'억지로'까지는 아니었지만, 아빠가 서울로 오면 좋을 것 같다는 생각을 많이 했죠.

왜 가고 싶다는 마음이 들지 않았을까요?

좋은 얘기를 듣지 못했어요. 좋다는 얘기를 거의 듣지 못했어요. 나쁜 얘기를 많이 들어서 조금 무서웠어요.

간 다음

그랬군요. 그런데 모스크바에 도착해서는 어땠나요? 정말 무서웠나요?

가서도 무섭긴 했어요. 대부분 괜찮았는데, 개들이 따라올 때는 정말 무서웠어요. 모스크바 개들은 엄청 크고, 사람을 잘 따라와요. 집 없는 개들이 지하철까지 따라왔을 때, 정말 무서웠어요. 진짜 심장이 떨렸어요.

개가 무서웠군요. 그런데 개 말고는 괜찮았나요?

네, 개들이 엄청 크고 무서웠다는 거 빼고는 괜찮았어요. 별로 무섭지 않았어요.

다행이네요. 특별히 기억에 남는 것이 있나요?

놀이터요! 모스크바에는 놀이터가 엄청 많은데, 그중에 산 속에 있는 숲속 놀이터가 기억에 남아요. 집에서 지하철 한 정거장 정도 떨어진 거리에 있던 놀이터인데, 엄마랑 걸어서 자주 갔어요. 분홍색 공주 놀이터였어요. 거기서 엄마랑 그네도 타고 얘기도 많이 하고 그랬던 것이 기억에 남아요. 모스크바에는 공중 화장실이 별로 없었는데, 그래서 원래는 안 되지만 놀이터 구석에서 살짝 볼일을 본 적도 있었어요. 아직도 기억이 생생해요. 숲 속의 분홍색 공주 놀이터.

아빠는 미안해졌다.
딸에게 모스크바는 가기 싫었던 곳이었고,
모스크바에서 기억에 남았던 곳은 고작
놀이터였다. 서울에도 흔하디흔한, 놀이터.

외국어

러시아말은 좀 했었나요?
그때는 잘했다고 들었어요. 그런데 지금은 전혀 기억이 나지 않아요.
맞아요. 그때는 러시아어를 정말 잘했어요. 혹시 하나라도 생각나는 말이 있나요?
거의 없어요. 하라쇼хорошо, 좋은, 오친 하라쇼очень хорошо, 매우 좋은, 쁘리비엣привет, 안녕, 스빠시바спасибо, 고마워 정도밖에 기억나지 않아요.

한국으로 돌아왔을 때, 엄마는 딸이 러시아어를 잊지 않았으면 좋겠다고 했다. 모스크바에 살 때, 딸은 러시아어를 꽤 잘했다. 아빠는 엄마의 의견에 동의하면서 걱정하지 말라고 했다. 딸과 러시아어로 소통하면서 잊지 않게 해주겠다고 큰소리를 쳤다. 하지만 서울 생활이 바쁘다는 핑계로 러시아어 소통은 점점 줄었고 (심지어

한국어 소통도 충분하지 않았던 것 같고!) 딸도,
또 아빠도 러시아어와는 담을 쌓게 되었다. 결국,
지금은 두 사람 모두 러시아어를 거의 모르는 수준에
도달했다. 한 번 더 딸에게 미안해진 아빠.

기억들

다시 모스크바에 가고 싶은 생각은 없나요?
꼭 가야 한다면 가겠지만, 여기서 잘 지내고 있는데
다시 가야 하나요?
살지는 않더라도 여행으로 가보는 것은 어떨까요?
여행이라면 한번 가보고 싶어요. 엄청나게 많이
바뀌었다고 들었어요. 많이 좋아졌다고.
맞아요. 많이 변했더라고요. 혹시 모스크바에서
특별히 생각나는 곳이 있나요? 바실리 성당이라든지,
붉은 광장 뭐 이런 곳들 생각이 나요?
솔직히 바실리 성당, 붉은 광장보다는 그 옆에
있었던 백화점이 기억이 나요. 어마어마하게 좋았던
백화점인데, 좋은 것도 정말 많이 팔고.
맞아요. 거기 백화점이 있어요. '굼백화점'.
네, 굼백화점이 기억이 나요. 헤헤헤.

아빠는 또 미안해졌다.

딸은 '굼백화점'이 기억난다고 했지만, 사실 모스크바에 살던 시절에 그 명품 백화점에서 아무것도 사지 않았다. 아니, 사지 못했다. 굼백화점은 가족들에게 그저 관광 명소 같은 곳이었다. 들어가서 구경하고 나오는 곳. 그 얘기를 딸에게 해줬더니 딸은 씁쓸한 미소를 지었다.

사람들

또 기억나는 것은 없어요? 사람도 좋고, 모스크바에서 배운 것이 있으면 그것도 좋고.

러시아 유모가 기억이 나요. 늘 재미있게 놀아줬어요. 일주일에 한 번 갔던 미술학원도 조금 기억나는데, 아주 작은 방에서 그림을 그렸던 것 같아요. 사과를 그렸던 것이 기억이 나요. 엄마랑 박물관에 갔던 것, 공원에 자주 갔던 것들도 좋은 기억이에요.

기억나는 친구들은 없어요?

한국 친구들이 기억나죠. 동생 희주가 기억나고, 혜원이 언니도 기억나고, 연지, 민지, 승욱이가 기억나요. 모스크바에는 한국 친구들이 꽤 있었네요.

한마디

모스크바 생활을 한마디로 정의할 수 있을까요?

놀이터요! 모스크바 생활은 놀이터였어요. 항상 놀았으니까요. 그러면서 자연스럽게 무언가를 배운 것 같아요. 놀이터에서 놀다 보면 그네 타는 법도 배우고, 미끄럼틀 타는 법도 알게 되잖아요. 그래서 모스크바 생활은 놀이터와 같았지요!

아빠는 딸에게 고마웠다.
아무리 생각해도 좋을 것이 없었을 듯한데, 딸은 모스크바를 '좋게' 기억하고 있었다. 아니 그렇게 하려고 노력하는 것 같았다. 티가 났다. 하긴, 그래서 더 고마웠다.

다시 서울

2010. 05
~
2013. 06

딸아,
사랑하는 사람이 하고 싶은 일을 해냈을 때,
바라보는 사람은 너무 행복하단다.
너는 아빠에게 그런 행복을 준 사람이야.
아빠도 너를 위해
하고 싶은 일들을 꼭 해낼게.

다시 서울에서 태희가

모스크바에서 2년을 산 뒤, 한국에 돌아왔을 때 저는 너무 기뻤어요!
사랑하는 가족들을 다시 만날 생각에 들떠서 기분이 날아갈 것 같았지요. 저뿐만 아니었어요. 엄마, 아빠도 들떴는지 노래를 흥얼거렸지요.
인천 공항에 도착했을 때, 모든 말을 알아들을 수 있고 의사소통이 술술 되니 참 좋았어요. 2년 동안 모스크바에 살면서 한국에 한 번도 안 왔기 때문에 정말 한국이 다른 나라처럼 느껴졌어요. 말을 알아들을 수 있는 외국 같은 느낌이요. 누가 말하든 다 알아들을 수 있다는 사실이 신기하기까지 했어요.

러시아에 가기 전에 다녔던 공동육아 '즐거운' 어린이집을 몇 개월 다시 다니다가 초등학교에 입학했어요.

사실 저는 조금 무서웠어요. 초등학교 말이에요. 러시아보다 더 무서웠어요. 저는 한글도 잘 몰랐고, 영어는 전혀 몰랐어요. 수학도 잘 못했어요. 서울에서도 모스크바에서도 놀기만 했거든요. 공부하는 것도 걱정되었고, 선생님도 무서울 것 같고. 하지만 가족들은 '우리 태희가 언제 이렇게 컸냐'는 눈빛으로 저를 봤지요. 그것도 아주 대견하다는 눈빛으로요.
드디어 입학식, 할아버지와 할머니까지 오셨어요. 할아버지는 꽃다발도 사주시고, 입학식이 끝나고 밥도 함께 먹으러 갔어요. 예쁜 옷도 선물 받았어요. 입학식이 끝나고 할아버지, 할머니, 엄마, 아빠와 함께 식사를 했어요. 축하를 정말 많이 받은 그야말로 최고의 날이었어요.

학교도 예상보다 좋았어요. 하교 후에는 공동육아 방과 후 학교 '마법'에 갔어요. '마법'에서 텃밭도 가꾸고, 친구들도 사귀고, 또 친구들과 싸우기도 하고, 화해도 하고. 공부 빼고는 다 했어요.
그곳에서 많은 것을 배웠지만, 가장 기억에 남는 것은 택견이었어요. 우리는 일주일에 두 번씩 택견을 배우러 갔어요. 제가 택견을 좋아하는 이유는 태권도나 가라테처럼 폭력적이지 않아서예요. 태권도나 가라테의 겨루기는 무섭지만, 택견은 그렇지 않아요. 택견의 규칙 중 하나가 겨루기에서 상대방을 다치게 하면 안 된다는 것이거든요.

주중에는 가족 모두가 바빴기 때문에 주말이면 가족(엄마 그리고 아빠랑)끼리 시간을 보내려고 노력했어요. 언어치료사인 엄마는 토요일에도 병원에서 일했어요. 그래서 주말마다 대학로 병원 근처에서 엄마를 기다렸어요. 엄마를 기다리면서 대학로에서 아빠와 데이트를 했어요. 돈가스도 먹고, 스파게티도 먹고, 팥빙수도 먹고, 장난감도 사고, 책도 읽고 엄마를 기다리면서 즐거운 시간을 보냈어요. 엄마 일이 끝나면 같이 또 밥을 먹었지요. 밀린 이야기들을 주말에 더 많이 했어요. 참 좋았어요.

그런데, 엄마와 아빠가 다시 외국에서 살아야 할 것 같다고 했어요.
사실, 저는 다시 외국에 가기가 싫었어요. 한국이 좋았어요.

할아버지의
행차

딸의 입학식.

3월이었지만 무척 추웠다. 딸의 학교는 아차산 밑에 있었다.

산밑이라서 더 추웠고, 딸은 '입학'이라는 근엄한 단어 앞에서 떨고 있었다. 아빠는 딸의 입학을 대수롭지 않게 여겼지만, 딸의 표정에는 긴장이 그득했다.

바람이 쌩쌩 부는 초등학교 운동장에서 아이들이 삼삼오오 모여 있었다. 그리고 익숙한 풍경의 입학식이 시작되었고, 예기치 않은 손님이 찾아왔다.

딸의 할아버지와 할머니, 아빠의 아버지와 어머니.

같은 서울 하늘 아래였지만, 막히지 않아도 1시간 이상 달려와야 하는 먼 거리에 사시는 분들이었다.

할아버지가 웃으시면서 커다란 꽃다발을 선사했다. 딸의 표정이 조금 풀리는 것 같았다. 할아버지는 딸이 늘 말해왔던 친구에게도

할아버지는 아빠보다 저를 훨씬 사랑하세요.
진짜예요!

꽃다발을 줬다. 두 '꼬마 숙녀'들이 꽃다발을 들고 신나했다. 그리고 (공동육아를 함께 했던 그리고 함께할) 친구들, 언니, 오빠, 동생, 선생님들도 입학식 구경 겸 응원을 왔다. 모두 기념사진을 찍었다. 물론, 할아버지, 할머니와도 찍었다. 굳어 있던 딸의 얼굴도 풀렸고, 날씨도 점점 봄다워졌다.

아빠는 기억을 더듬었다.
아빠는 초등학교, 중학교, 고등학교, 대학교, 대학원, 유학까지 수많은 입학식과 졸업식을 했지만, 아빠의 아빠를 식장에서 본 기억이 없었다. 아빠의 아빠는 늘 바람 같은 존재였고, 말이 없는 존재였다. 그런 아빠의 아빠가 초등학교 운동장에 웃으며 서 있었다. 참, 그러고 보니 아빠의 아빠가 아빠의 엄마에게 꽃다발을 선물한 것을 본 기억도 없다. 그런 아빠의 아빠가 손녀의 친구라는 이유로, 낯도 모르는 '꼬마 숙녀'를 위해 꽃다발까지 사 주시다니.

하지만, 아빠는 전혀 섭섭하지 않았다. 딸과 할아버지가 다정하게 지내는 모습이 더없이 아름다워 보였다. 아빠에게는 아직도 어려운 아빠의 아빠에게 딸이 친구처럼 대하는 모습이 좋았다. 아빠의 아빠를 보며, 표정이 밝아진 딸을 보며 더없이 행복했다.

입학식이 끝나고 가족들은 식당에 갔다. 식당에서 할아버지가 딸의 숟가락 위에 고기를 올려주는 모습을 보며, 아빠는 배가 불렀다.

딸은 당연하다는 듯, 넙죽 받아먹었다. 그 모습도 너무 보기 좋았다. 분명히 할아버지는 많이 변했다. 하지만 아빠는 할아버지가 그렇게 변하는 것이 좋았다. 딸에게 감사했고, 할아버지에게 더욱 고마웠다.

딸이 받은 꽃이 잘 마르는 동안, 딸은 학교에 잘 적응했다.

2011. 03

" 딸아, 넌 많은 사람을 변하게 했어. 네 덕에 아빠도 변했고, 할아버지도 변했다. 아름답게 변할 수 있게 해 준 네게 늘 감사할게. "

왕따의 추억

딸은 다른 초등학생들과 다를 바 없이 매일 아침, 비교적 이른 시간에 등교했고, 학교에서 점심을 먹고, 방과 후 학교공동육아에 갔다. 그리고 방과 후 학교가 끝나면 집에 와서 숙제를 하고, 저녁을 먹고, 잠자리에 들었다. 그리고 다음 날, 비교적 이른 시간에 (또) 등교를 했고. 공동육아 방과 후 학교에서는 학습 없이 친구들과 어울려 지냈고, 딸은 늘 구김 없이 신나 보였다.
아빠는 딸이 잘 지내고 있다고 믿었고, 실제로 그래 보였다.
딸은 뭐든 시시콜콜하게 이야기하는 스타일이었다.
아빠는 딸이 학교생활에 대해 조잘거리면 그렇게 좋을 수가 없었다.

그렇게 딸은 점점 컸다. 2학년이 되었고, 3학년이 되었고, 외국 초등학교로 전학을 가게 되었고, 4학년이 되었다.

그리고 5학년이 되기 전, 딸은 아빠에게 이런 말을 했다.

솔직히 말하면 (1학년 때) 그 친구 때문에 많이 힘들었어. '절교'라는 것을 만들어서 나를 협박했고, 학급대표를 뽑는 달리기 대회에서는 나한테 절대 이기면 안 된다고 했어. 자기가 반대표가 되고 싶다고. 그 친구가 나만 따돌리려고 했어. 그런데 선생님이나 어른들 앞에서는 예의 바른 척하고. 아빠한테도 엄청 인사 잘했잖아.

아빠는 태연한 척 듣고 있었지만, 가슴이 무너지는 것 같았다. 딸이 이른바 '왕따'를 당했다는 사실도 충격이었고, 그 사실을 몰랐다는 것에 더욱 충격이었다. 항상 소통하는 아빠라고 자부했는데. 자식과 대화 잘하는 부모가 되기 위해 '공동육아'까지 한 것인데.

아빠는 왜 그때 구체적으로 말하지 않았느냐고 물었다. 그랬더니 딸은,

*2학년이 돼서 좋은 친구들을 많이 만났어. 그리고 그 친구도 같은 반이 되었는데, 내가 반장이 된 후로 나한테 '절교' 같은 말은 하지 않았어. 그리고 달리기 대회에서도 내가 봐주지 않았어.
그래서 1등을 했어. 이제 괜찮아. 하지만 그 친구가 좋은 사람이라고 생각해본 적은 없어. 그래도 좋은 사람이 되었으면 좋겠어.*

아빠는 딸의 머리를 쓰다듬어줬다. 사실 안아주고 싶었다. 머리를 쓰다듬는다고 미안함이 사라질 리 없었다. 하지만 더는 그 이야기를

하고 싶지도 않았다. 딸에게 한마디를 건네는 것이 아빠가 할 수 있는 최선이라 믿었다.

태희야, 앞으로 그런 일이 있으면 꼭 말해. 알았지? 알았지?

딸은 고개를 끄덕거렸다.
슬픈 표정도, 기쁜 표정도 아니었다. 그 표정이 아빠의 마음을 무겁게 했다. 하지만 지난 일들을 돌이킬 수 없다는 것을 알기에 후회하진 않았다. 후회는 답이 아니다.
특히, 자식 사랑에 있어서는.

2011. 03을 회상하며

" 딸아, 너의 아픔을 몰라줘서 미안하다. 사랑하는 딸에 대해 다 안다고 착각을 했어. 정말 어리석었다. 앞으로는 너를 꾸준히 알아갈게. 그게 진짜 사랑인 것 같아. 알았다고 자부하는 것이 아닌, 알아가는 과정에 집중하는 것, 말이야! "

서울 2010. 05 ~ 2013. 06

아무리 그래도 0점은 좀

아빠와 엄마의 계획(?)대로 딸은 초등학교에 들어가기 전에 아무런 학습도 하지 않았다. 대신 공동육아 어린이집을 다니면서 자연을 공부했고, 노는 법을 '연마'했다. 숫자는 좀 알았던 것 같고, (확신은 서지 않지만.) 한글도 제대로 배우지 않았고, (더듬더듬 읽는 수준.) 영어는 상상도 할 수 없었고, (알파벳이 영어인 것은 알았지만 러시아어에 더 익숙했고. 그것도 금세 다 까먹었지만.) 덧셈, 뺄셈은 당연히 손가락으로 해야 했고, (발가락은 사용할 줄 몰랐고.) '구구단'이라는 것이 세상이 존재하는지도 몰랐었다.

그런 딸이 초등학교에 입학하자, 여러 가지 이상한 일들이 벌어졌다. 딸은 열심히 학교에 다녔고, 이른바 모범생 '코스프레'를 했다. 선생님 말씀을 잘 듣는 편이었고 조용하고 얌전한 학생 같았다. 학교에도, 한글에도 익숙해질 무렵, 아빠는 몹시 심하게 시무룩한 표정의 딸을 발견했다.

학교에서 무슨 일이 있었어?

옆에 있던 엄마는 해석하기 난해하게 웃었다. 학교에서 수학 시험을 봤다고 했다. 아빠는 평범한 가장의 톤으로, 살짝 근엄한 척을 하며 물었다.

잘 봤어?

엄마는 시험지를 내밀었고, 거기엔 '0점'이라고 적혀있었다. 하나도 '못' 맞혔다는 뜻이었다.
아빠는 비범한 가장의 톤으로 최대한 괜찮은 척을 하며 말했다.

어, 그래. 그랬구나. 태희한테 너무 어려웠나 보구나.

딸은 고개를 끄덕이며 이렇게 대답했다.

문제가 정말 이상해. 사탕을 4개씩 묶으래. 사탕이 머리도 아니고 어떻게 묶어. 문제가 하나도 이해가 되지 않더라고. (투덜투덜.)

엄마는 웃었고, 아빠도 웃(을 수밖에 없)었다.
학습지를 풀어본 적이 없는 딸은 수학적 의미의 '묶음'에 대한 개념이 없었다. '묶음' 하면 떠오르는 것은 '긴 머리'였고, '나눔' 하면 떠오르는 것은 '(함께 나눠 먹을 수 있는) 음식'이었다.

그제야 아빠와 엄마는 깨달았다. 공동육아를 했던 수많은 선배 학부형들이 했던 말들이. 학교에 들어가면, 충격적인 일들이 많이 일어날 것이라고. 문제를 이해하지 못 해서 0점 맞는 경우도 많을 거라고. "내 딸은 그렇지 않을 거야!"라고 믿고 있었건만. 내 딸도 '역시' 그랬던 것이다.
하지만, 뜻밖에 딸은 충격을 받지 않은 것 같았다. 0점을 받은 뒤에도 명랑하게 방에 들어가 읽던 책을 마저 읽었다.
아빠는 딸의 뒷모습, 딸의 긴 머리를 보며 묶어주고 싶다는 생각을 하며 살짝 웃었다. 자신도 그 웃음의 의미를 잘 모른 채 빙그레 웃으며 아빠는 이런 생각을 했다.

그런데, 아무리 생각해도 0점은 좀.

2011. 09

" 딸아, 시험이 인생의 전부는 아니지만, 시험도 분명히 인생의 일부란다. 그러니 그 역시 우리에겐 의미 있는 일일 거야. "

2학년 2반
회장님

아빠는 초등학교 시절 쭉 '반장'이었다.
2학년 때부터 5학년 때까지는 학급 반장이었고, 6학년 때는
부반장이었다.
반장은 반장다워야 한다는 것이 어린 아빠에겐 부담이었다.
반장답다는 것이 무엇인지 도무지 몰랐기 때문에 더더욱
부담스러웠다. 하지만 어른들은 아주 쉽게 말했다.
"반장이 그러면 안 되지.", "반장이니까 그 정도는 해야지.",
"역시 반장이라 다르네!" 등. 심지어 반장을 몹시 자랑스러워했다.
그리고 주변 사람들은 그 반장을 부러워하는 것 같았다. 아빠는
앞에 나서는 것보다는 혼자만의 세계를 만드는 것을 좋아하는
사람이었는데, 반장이었던 어린 시절에는 그러기가 쉽지 않았다.
아빠는 자신을 대표하고 싶었는데, 반장은 반을 대표해야 했다.
반장은 줄을 설 때조차 제일 앞에 나가야 하는 사람이었으니. 게다가
어린 아빠는 학교 공부에 영 흥미가 없었는데, 그 시절 반장은 공부를

잘해야만 했고 그 역시 아빠에겐 적잖은 부담이었다.
솔직히 아빠는 딸이 그런 반장이 되길 원하지 않았다. 조용히 지내면서 하고 싶은 것을 하는 그런 아이이길 바랐다. 자기 세계를 가진 아이이길 바랐다. 그리고 아빠는 알고 있었다. 딸 역시 자신의 세계를 만들길 원하는 아이라는 사실을.

3월. 딸이 초등학교 2학년이 되고 얼마 되지 않은 어느 날.
학교를 마치고 돌아온 딸이 해맑은 표정을 지으며 싱글벙글하고 있었다. 그 해맑음은 여느 때와 다를 바가 크게 없었지만, 딸은 확실히 무언가를 말하고 싶다는 표정이었다. 딸은 킥킥거리며 이렇게 말했다.

아빠, 나 '회장' 됐어!

아빠는 무슨 말인지 이해를 할 수 없었다. 회장? 회장이라니?
회장은 아빠의 어린 시절 '반장'을 의미하는 말이었다. 세상이 바뀌었다. 아빠가 다니던 국민학교가 딸이 다니는 초등학교로 변한 것처럼, 아빠가 했던 반장이 딸이 할 회장으로 바뀐 것이었다.
(그런데, 딸이 반장이, 아니 회장이 되었다니!)
아빠는(엄마도, 할아버지, 할머니도, 이모들도!) 딸이 회장이 되리라고는 생각하지 못했기 때문에, 이른바 회장 선거에 아무런 관심이 없었다. 딸이 학교 가는 것을 좋아하는 줄은 익히 알고 있었지만, 딸이 누군가 앞에 나선다는 건은 상상해 본 적이 없었다.

딸은 아무도 시키지 않았는데 회장 선거에 앞서 후보가 되겠다고 손을 들었고, 친구들 앞에서 자신이 왜 회장이 되어야 하는지 이야기를 했다고 했다. 그리고 회장으로 뽑힌 후에 감사하다는 말도 했다고 했다. 딸은 아빠, 엄마를 다독였다. 회장의 엄마, 아빠가 되었다고 달라지는 것은 없으니 걱정하지 말라고 했다. 자신은 회장이 된 것이 스스로 무척 자랑스럽다고 했다. 그리고 그런 자신을 자랑스러워해 달라고 했다. 딸은 그 이야기를 정말 자랑스러운 표정으로 말했다.
그 이야기를 듣고, 아빠와 엄마도 딸이 정말 자랑스러웠다.

아빠는 딸이 회장이 되어서 자랑스러운 것이 아니라, 딸이 하고 싶은 일이 뭔지 알고 스스로 결정하고 그 일을 위해 사람들 앞에 나서서 도전한 것, 바로 그것이 너무 자랑스러웠다. 그야말로 자신의 세계를 찾아 나가는 모습이 자랑스러웠다.
회장이 된 다음 날, 평소보다 한껏 씩씩한 표정으로 등교하던 딸의 모습이 정말 자랑스러웠다. 그리고 그 모습을 보면서 행복이라는 단어를 떠올렸다.

2012. 03

“ 딸아, 사랑하는 사람이 하고 싶은 일을 해냈을 때, 바라보는 사람은 너무 행복하단다. 너는 아빠에게 그런 행복을 준 사람이야. 아빠도 너를 위해 하고 싶은 일들을 꼭 해낼게. ”

창피할 게
뭐 있어?

2학년이 된 딸은 더 씩씩하게 학교에 다녔다.
학교가 끝나고 학원 대신 다니는 공동육아 '방과 후'에서도
행복해했다. 좋은 딸이었고, 좋은 손녀였고, 좋은 조카였고, 좋은
동네 꼬마였다. (어쩌면 반에서는 좋은 회장이었을지도 모르겠다.)

그.런.데.

공부와는 살짝 '안전거리'를 유지하고 있었다. 특히, 문제는 '수학'에
있었다. 또래보다 덧셈, 뺄셈도 못 했고, 학교에서 시험을 보면
늘 시간이 모자랐다. 집에 와서 예습, 복습 (비슷한 것을) 하는 것
같았지만, 성적에 뚜렷한 변화는 없었다. 아빠도, 엄마도 (조금)
걱정이 되었지만, 일단은 지켜보고 있었다.
본인이 스스로 '고통'을 호소하기 전까지는 도움을 주지 않기로 했다.
혹시, 딸이 스스로 과외나 학원이 필요하다고 할 때까지는 그냥 내버려

두기로 했다.

어느 날, 딸이 수학 시험지를 들고 하교했다. 표정은 여느 때처럼 태연했다. 시험지에는 65점이라고 적혀 있었다. 불과 1년 전, 0점짜리 시험지까지 구경했던 가족들은 놀라지 않았다. 하지만 분명한 것은 자랑스러운 것도 아니었다. 대부분 학생들이, 어쩌면 모두가 딸보다 높은 점수를 받았을지도 몰랐으니까. 이러나저러나 꼴찌가 달가운 것은 아니니.

아빠는 혼내지 않았다.
하지만 65점을 자랑스럽게 생각하지도 않았다. 딸을 살짝 격려하고 내심 다음에는 더 좋은 점수를 받았으면 좋겠다는 생각을 했고, 되도록 '회장님'의 65점이 세상에 알려지지 않길 바랐다.

하지만, 아빠의 바람은 여지없이 깨졌다.
딸은 자신의 65점을 스스럼없이 밝히고 다녔다. "태희야, 너 이번 시험 잘 봤니?", "아니요! 65점 받았어요.", "태희야, 이번 시험 어려웠지?", "조금요. 65점 받았어요.", "태희야, 너 수학 잘하니?" "아니요. 저 이번에 65점 받았어요." 점수를 말할 필요가 없는 상황에서도 딸은 당당하게 밝혔다.
아빠는 당황스러웠다. 딸의 수학 점수 대공개를 이해할 수 없었다. 그래서 직접 물었다.

그거 잘하지 못한 시험 결과를 왜 그렇게 말하고 다니니? 안 창피해?

딸은 역시 스스럼없이 이렇게 말했다.

내가 공부 안 해서 65점 받은 건데, 다음에 잘하면 되잖아. 지금은 그냥 65점이라고! 내가 공부 안 해서 그런 건데 뭐가 창피해?

그렇지. 다음에 잘하면 되지.
지금의 결과에 내가 책임을 지면 되지.
그걸 못하면 그것이야말로 진짜 창피한 것이지.

아빠는 창피했다. 65점짜리 아빠가 된 기분이었다. 하지만 기분이 나쁘진 않았다. 사실, 썩 좋았다.

2012. 04

“ 딸아, 자신의 과거를 창피해하지 않는 사람은 미래도 창피하게 살지 않을 거야. 네가 한 일에 대해 창피하게 생각하지 말고 책임지는 사람이 되렴. ”

정확도
0

딸은 수학도 못했고, (물론, 영어도 못했고) 컴퓨터도 못했다.
아니 몰랐다.
집에 딱 한 대 있는 컴퓨터는 아빠의 작업용이었고 딸은 노트북을 제대로 구경해본 적도 없었다. 딸에게 컴퓨터는 할아버지가 선물한 '콩순이 컴퓨터'가 전부였다. 물론, 게임도 몰랐고 인터넷이 뭔지도 몰랐고, 당연히 자판도 외우지 못했다.

그런 딸이 학교에서 컴퓨터 수업을 들어야 했다. 아빠는 이렇게 생각했다. 딸이 컴퓨터를 모른다고 무슨 문제가 되겠어.
좋은 선생님들이 처음부터 알려 줄 텐데. 컴퓨터를 켜는 법부터 알려 주지 않겠어?

물론, 그렇게 되지 않았다. (아! 순수한, 아니 순진한 아빠여!)
모든 학생들은 바로 컴퓨터를 켰고, 수업시간에는 주로 타자연습을 했다고 한다. 딸 역시 한컴 타자연습 프로그램을 열었지만 (아마도 간신히) 뭘 해야 할지 몰랐다고 한다.
그래서 친구들이 뭘 하는지 보고 따라했다고 한다. 친구들은 정신없이 자판을 두드렸고, 자신도 그렇게 하면 되는 줄 알고 영문도 모른 채 자판을 마구 두드렸다나. 하지만 컴퓨터 선생님이 딸을 보는 표정이 영 탐탁지 않았다나. 그도 그럴 것이, 자판을 외우지 못한 것은 물론이고 프로그램의 의도도 몰랐으니 정확도는 항상 '0'이었다. 아마도 선생님은 딸이 뭘 하고 있는지 몰랐을 것이다.
아주 진지하고 열심히, 하지만 남들이 보기엔 '아무렇게나' 자판을 두들기고 있는 초등학생 꼬마의 모습.

아빠는 지금도 이해할 수 없다.
왜 학교에 들어가기 전에 컴퓨터 켜는 법을 배워야 할까? 왜 학교에 들어가자마자 자판을 외우는 훈련을 해야 하는지.
그것 말고도 초등학생들이 배워야 할 것들이 많을 것 같은데 말이다.

2012. 05

" 딸아, 모르는 것은 잘못도, 창피할 일도 아니야. 그리고 늦게 배우는 것도 역시 잘못도 창피한 것도 아니란다. 그것만 명심하면 너는 평생 많은 것을 배우면서 살 수 있을 거야. "

서울 2010. 05 ~ 2013. 06

식성은 다르지만 괜찮아

아빠가 한국에서 대학 강사로 지내던 시절, 낮에 딸과 자주 외식을 했다. 외식이라곤 하지만 근사한 것을 먹을 수 있는 처지는 아니었고 집 밖에서 간단히 끼니를 때우는 수준이었다. 주로 기사식당, 분식집, 백화점 푸드 코트와 같은 곳에 갔었다.

어느 날, 동네 기사식당을 가서 아빠가 먼저 주문을 했다.

아주머니, 여기 돈가스 하나하고,

아빠가 주문을 끝내기 전에 딸이 이렇게 말을 이었다.

부대찌개 하나 주세요.

종업원이 돈가스와 부대찌개를 들고 왔다. 그리고 자연스럽게 딸 앞에 돈가스를, 아빠 앞에 부대찌개를 놨다. 아빠와 딸은 '그럼 그렇지'라는 표정을 지으며, 자연스럽게 음식의 위치를 바꿨다.

또 한 번은, 큰마음 먹고 아빠가 딸에게 그럴싸한 점심을 사주고 싶어 규모가 상당한 아케이드 쇼핑몰에 데리고 갔었다. 혀끝을 자극하는 각종 패스트푸드는 물론이고, 소위 럭셔리한 웰빙 푸드까지 그야말로 다채로운 음식들을 파는 곳이었다. 아빠는 어깨에 힘을 팍 주고 물었다.

태희야! 오늘 먹고 싶은 거 있으면 다 말해. 아빠가 팍팍 쏜다.

딸은 대략 난감한 표정을 지으며, 고민하기 시작했다.
그리고 한참 만에 이런 결론을 냈다.

육개장 먹을래.

육개장이라니!
아빠는 믿을 수 없어 다시 물어봤지만, 딸은 변함없이 육개장이라고 했고 결국, 식성이 다른 두 사람은 푸드 코트로 향했다. 딸은 육개장을 시켰고, 아빠는 치킨을 주문했다. 서로 다른 두 종류의 음식을 한 식탁에 올려놓고 맛있게 먹었다.
딸은 분명히 만족한 표정이었다.

아빠, 이 육개장 진짜 맛있어! 할머니가 해주신 거랑 맛이 완전히 똑같아.

아빠는 닭다리 튀김을 먹으며, 자신의 어머니가 만든 육개장 맛을 떠올려봤다. 웬일인지 그 맛이 도무지 생각이 나지 않았다.
하지만 딸이 맛있게 먹는 표정을 보니, 행복했다.

2012. 06

“ 딸아, 너와 내가 식성이 같을 필요는 없지만 함께 행복하기 위해선 서로의 식성 정도는 알아야겠지. 그러기 위해 더 많은 밥을 너와 함께 먹을 생각이란다. ”

개콘
단체 관람

자, 모두 자리에 앉으세요. 이제 곧 시작합니다.

아빠는 딸과 엄마에게 자리에 앉으라고 했다. 그리고 곧 관람이 시작되니 조용히 하라고 했다. 그래서 일요일 저녁에 아빠, 엄마, 딸은 텔레비전 앞에 나란히 앉았다.

왜?
개그콘서트를 보기 위해!

텔레비전을 전혀 보지 않는 가족은 가끔 다른 사람들과 대화가 힘듦을 느꼈다. 가족이 보는 프로그램은 아주 단순했다.
할아버지, 할머니 댁에 갔을 때 두 분이 보시는 드라마
그리고 엄마가 좋아하는 배우가 나오는 드라마. (하지만 그 배우는 '애석하게도' 드라마에 자주 등장하지 않는다. 1년에 한 편 정도.)

그리고 아빠가 새벽에 보는 해외 축구 경기. (빼놓지 않고 본다고 해도 일주일에 90분 정도.)

소위 예능이나 드라마와는 아예 담을 쌓고 살았다. 그래서 세상의 유행어도 몰랐고 잘나가는 연예인 이름도 잘 몰랐다. 개그콘서트에서 나오는 유명한 대사들도 몰라 남들이 웃을 때, 눈만 깜빡거리고 있어야 했다.
그렇게 살다간 정말 원시인이 될 것 같고, 딸도 학교생활이 지장이 있지 않을까 하는 생각에 아빠는 결단을 내렸다. 함께 개그콘서트를 보자. (물론, 집에서!) 그렇게 결심하고 가족들을 소집해 텔레비전 앞에 앉았다. 사실 그것 자체가 조금 어색했다.
첫 꼭지부터 모르는 사람들이 나왔고, 가족들은 웃지 않았는데, 관객들은 마구 웃고 있었다. 몇몇 대사들은 어디선가(아마도 다른 사람들이 일상생활에서 많이 했던 까닭에) 많이 들어본 것 같았지만, 역시 웃기지 않았다. 아빠도, 엄마도, 딸도 점점 몸이 꼬이기 시작했다. 가족들은 서로의 얼굴을 보며, "이걸 계속 봐야 하나?" 묻고 있는 것 같았다.

결국, 자연스럽게, 아무도 먼저 얘기를 꺼내지 않았음에도 시청이 중단되었다. 그 재미있다던 개그콘서트를 끝까지 보지 못했던 것이다. 텔레비전을 끄고 나서야 가족들은 웃었다. 결국, 개그콘서트가 가족들에게 웃음을 줬다고나 할까?

아빠는 생각했다.
세상에는 다양한 재미와 웃음이 있으니 꼭 다른 사람들과 같은 방식으로 웃고 즐거워할 필요가 없다. 하지만 다음에 기회가 된다면 한 번 더 가족 모두가 텔레비전 앞에 앉아 함께 무언가를 보고 싶었다. 그리고 함께 실컷 웃을 수 있었으면 더욱 좋겠고.

2012. 09

" 딸아, 보기 싫은 것을 억지로 보며 살지 말자. 보고 싶은 것만 보기에도 우리 삶은 짧잖아. 보기 싫은 것을 볼 시간에 더 좋아하는 것이 무엇인지 찾아보자! "

서울 2010. 05 ~ 2013. 06

딸이라는
이름의 안경

어린이집에서 돌아온 딸은 걱정스러운 표정을 짓고 있었다.
아빠가 그 이유를 묻자, 딸은 병원에 가야 한다고 했다. 안과에 가야
한다고 했다.

교정이 어려운 근시, (그것까지는 흔한 일이라고 여길 수 있었다.)
그리고 아주 드문 난시. (잘못하면 시력 회복이 어려울지도 모른다고
했다.)

일반적으로, 근시는 안경이나 수술로 쉽게 극복할 수 있지만, 딸의
경우는 안경이나 수술로 교정이 불가능할지도 모른다고 했다.
더군다나 난시도 아주 심한 편이라고 했다. 어린 시절 근시로
고생했던 아빠는 딸에게 미안했다. 아빠의 '나쁜' 눈을 닮아 딸이
그렇게 된 것이라고 믿었기 때문이었다. (정말 그랬을 것이다.) 딸이
그동안 본 세상이 모두 삐뚤어진 것이라는 사실이 아빠를 힘들게

했다. 딸이 세상을 삐뚤게 보고 있었던 것을 몰랐다는 사실이 아빠를
슬프게 했다. 그렇게 힘들고 슬펐다.

힘들고 슬플 때, 가장 쉽게 할 수 있는 것은 세상을 부정하기.
아빠도 딸의 문제를 믿고 싶지 않았다. 그것을 인정하기 싫었다.
그래서 딸에게 어린이집에서 한 검사를 믿을 수 없다고 말했다.
그리고 딸의 손을 붙잡고 동네 안과로 달려갔다.
결과가 달라질 리 없었다.

다시 또 세상을 부정하기!
아빠는 동네 안과 의사의 말을 믿지 않았다.
다시 딸의 손을 잡고, 강남에서 꽤 유명하다는 안과를 찾아갔다.
거기서도 딸의 소중한 눈에 치명적인 문제가 있다고 했다.

또 부정하기!
아빠는 그 말도 믿지 않았다. 절대 그럴 리 없다고 했다.
그래서 대한민국에서 가장 좋다는 어마어마하게 큰 대학병원에
갔다.
거기서도, 역시 같은 얘기를 듣고 말았다.
달라진 것이 없었다. 거듭된 확인은 아빠를 더욱 힘들게 할 뿐이었다.
아빠는 무척 낙담했지만, 딸은 오히려 담담하게 받아들였다.
어마어마하게 큰 병원에서 정밀 정기 검진을 해야 한다고 말했고,

특별한 안경을 쓰고 다녀야 한다고 했다. 의사는 최대한 안경을 벗지 말아야 (시력 회복에) '효과'가 있다고 했다. 정말 운이 좋으면, 교정할 수 있는 눈이 될 수도 있다고 했다. 운이 나쁠 때 일어날 수 있는 일에 대해서는 자세히 말해주지 않았다. 정기 검진을 절대 빼먹으면 안 되고, 눈 관리도 특별히 해야 한다고 했다. 검진을 자주 할 필요는 없었지만, 간단한 것이 아니었다.

딸은 그렇게 (특별한) 안경을 쓰기 시작했다. (공동육아) 어린이집에서 유일하게 안경을 쓰는 아이였다. 안경을 쓰고 어린이집에 가기 전날 밤, 딸도 아빠도 엄마도 모두 걱정했다. 놀리는 아이는 없을까? 딸이 불편해하지는 않을까? 활동에 지장이 있지는 않을까?
다행스럽게도 큰일은 없었다. 아이들은 딸을 신기하게 봤다. 안경을 써보겠다고 하는 아이들도 있었다. 하지만 딸은 절대 안경을 벗지 않았다. 집에서도, 밖에서도. 잘 때를 빼고는 늘 딸의 얼굴엔 안경이 놓여 있었다.

그것은 의사와의 약속이었고,
아빠와의 약속이었고,
엄마와의 약속이었고,
자신과의 약속이었다.

아빠는 딸의 손을 붙잡고 1년에 두 번씩, 방학 때마다
그 어마어마하게 큰 종합병원 어린이 안과에 갔다.

어린이 안과에 가서 접수하고, 일반 안과 검사실에 옮겨 시야 검사를 받은 뒤, 다시 어린이 안과에 가서 시력 검사를 받고, OCT 검사실에 가서 또 검사를 받고, 다시 어린이 안과에서 1시간 정도 기다린 뒤 진료를 받았다. 2시간 남짓 병동을 옮겨가며 검사를 하고 진료를 받았지만, 딸은 불평하지 않았다. 예약을 했음에도 장시간 기다려야 했고, 정확한 검사를 위해 의사들이 까다로운 요구를 할 때도 있었다. 딸은 묵묵히 참았다. 오히려 아빠가 투덜거릴 때마다 다독였다. 아빠가 힘들지 않으냐고 물었을 때, 딸은 씩씩한 목소리로 이렇게 대답했다.

내가 뭐가 힘들어. 나 때문에 고생하는 아빠가 더 힘들지.

아빠는 웃을 수밖에 없었다. 겉으로 웃었고, 속으로 울었다. 기다리는 동안 딸이 좋아하는 바나나 우유를 사줬다. (물론, 아빠가 더 좋아했다.) 아빠는 다시 한 번 자책했다. 딸의 눈은 아빠의 탓. '나쁜' 눈을 물려준 아빠의 탓.

딸은 텔레비전도, 컴퓨터도 좋아하지 않는 어린이였고, 휴대전화도 없었다. 책도 바른 자세로 읽는 아이였다. 눈이 나쁠 이유가 없었다.

의사도 그냥 타고난 것이라고 했다.
타고난 것, 다른 말로는 아빠가 물려준 것!
딸의 눈을 위해 아빠가 할 수 있는 것은 고작 두 가지뿐이었다.
함께 안과에 가서 바나나 우유나 아이스크림 사주기, 생각날 때마다 눈 마사지 해주기.

시간이 흘렀다. 2012년 마지막 날,
딸은 여느 때처럼 길고 힘든 검사를 마치고 아빠와 함께 의사의 '말씀'을 들었다.
의사는 딸이 교정이 가능한 '평범한' 근시가 되었다고 했다. 그동안 검사도, 안경 착용도 잘한 덕이라고 했다. 더는 눈이 나빠질 염려도 크게 할 필요가 없다고 했다. 평범한 아이들처럼 관리해주고, 검사만 잊지 않고 하면 큰 걱정을 하지 않아도 된다고 했다. 정상 범주 내의 근시라고 했고, 성인이 되면 수술을 통해 시력 교정도 가능하다고 했다. '정상'이라는 바로 그 단어가 아빠의 귓가를 맴돌았다.

딸이 웃었고,
아빠는 더 크게 웃었다.
감사하다는 말로는 절대 부족한 감사함을 느꼈다. '정상'이라는 말이 주는 행복.

환하게 웃으며 진료비를 정산하던 아빠에게 딸이 말했다.

아빠, 나 어른 되면 시력 교정 수술 꼭 해주세요. 아무리 생각해도 나는 안경 '안' 쓴 게 더 예쁜 것 같아요.

아빠는 고개를 끄덕였다. 그리고 딸의 머리를 쓰다듬었다.
딸이 세상을 제대로 볼 수 있어 정말 다행이라고 생각했다.

아빠에겐 딸이 바로 '안경'이었다.
세상을 더 밝게 볼 수 있게 돕는 소중한 안경.

2012.12

" 딸아, 너의 부족함은 늘 아빠 때문인 것 같아.
하지만 앞으로는 너의 부족함도 아빠 탓으로 돌리지 않을게.
대신 너와 함께 고민할게. 자책은 너도, 나도 그 누구에게도 도움이 되지 않는다는 사실을 아니까. "

사랑해도
너무 사랑해

딸의 2학년 겨울방학, 딸은 학교에서 캠프를 가야 했고 그 사이
아빠는 슬로베니아로 겨울방학 특강을 하러 가야 하는 상황이었다.
서로 바빴던 탓에 아빠와 딸은 제대로 된 작별인사를 하지 못했다.
아빠는 내심 서운했다. (딸이 아닌, 자신에게!)

아빠는 조금 늦게 귀가했고, 딸이 없는 집이 영 쓸쓸하게 느껴졌다.
서재에서 슬로베니아에 가져갈 책을 챙기던 중, 책상 위에 가지런히
놓여있는 무언가를 발견했다.

쪽지였다. 삐뚤빼뚤한 딸의 글씨가 보였다.

슬로베니아 잘 다녀오숑.
사랑해도 너무 사랑해!!

게다가 딸이 가장 아끼던 '브라우니 스티커'까지 붙어있었다.
아빠의 서운함과 아빠의 쓸쓸함은 일순간에 사라졌다.

사랑해도 너무 사랑한다니.
딸은 도대체 어디서 이런 말을 배운 것일까? 아빠는 태어나서 한 번도 해보지 못한 말, 상상도 해보지 못한 말이었다.
"사랑해도 너무 사랑해!"

2주 후, 아빠와 딸은 다시 만났다.
서로 반갑게 포옹했고, 평소처럼 수다를 떨었다. 딸이 물었다.

아빠, 그거 내가 얼마나 아끼는 스티커인 줄 알지?

딸은 '브라우니 스티커'에 대해 말하고 있었다. 아빠는 웃으며 대답했다.

알지! 요즘 최고로 유행하는 스티커 아니야!

아빠는 딸에게, 딸은 아빠에게 엄지를 보였다.
딸은 '스티커'로 기억하는 그 쪽지를, 아빠는 단 하나의 '문장'으로 기억하고 있었다.

사랑한다는 말을 자주 하고 싶어요.
그러면 행복해지거든요.

사랑해도 너무 사랑해.

사랑해도 너무 사랑해.

수백 번 읽어도 믿을 수 없을 정도로 아름다운 말.

사랑해도 너무 사랑해.

아빠가 딸에게 먼저 해주고 싶었던 바로 그 말.

사랑해도 너무 사랑해!

2013. 01

“ 딸아, 표현해줘서 고마워, 세상에 ‘이심전심’은 없단다.

표현해주는 사랑이야말로 가장 큰 사랑이야!

사랑해도 너무 사랑해! ”

아빠(가 가장 많이 하는) 말

아이들이 싫어하는 것 중 하나가 부모들의 반복되는 말.

공부해라!

공부해라!

공부해라!

하지 마라!

하지 마라!

하지 마라!

를 반복하는 부모를 좋아하는 자식은 동서고금을 막론하고 없을 테니.

아빠는 열 살 딸에게 이런 질문을 했다.

아빠가 너한테 가장 많이 하는 말이 뭐니? 솔직히 말해봐.

딸은 고민 없이 즉답했다. 이렇게!
심지어 순위까지 매겨서.

1. 너는 누구 딸이니? (이 질문은 "아빠가 좋아? 엄마가 좋아?"와 같이 유치찬란한 질문이다. 정답은 당연히 '아빠 딸'로 정해져 있다.)
2. 놀아라!
3. 이제 자라!
4. 이 자식! (아빠는 딸은 자주 '자식'이라고 부르고, 딸이 기분 나빠하면 이렇게 대꾸하곤 했다. "너 내 '자식' 맞잖아. 난 너의 '부모'이고! 하하하.")

아빠는 뿌듯했다.
딸에게 공부하라는 말을 강요하지 않는 아빠인 것이.

그리고 한편으로 미안했다.
딸을 그토록 사랑하면서도 사랑한다는 말을 많이 하지 않은 것이.
그리고 '같이 놀자'가 아닌 '(혼자) 놀아라'라고 말한 것이.

2013. 02

" 딸아, 듣고 싶은 말을 상대에게 하렴. 그럼 싸울 일도, 싫어할 일도 없을 거야. 사랑해! "

무겁지 않은
아령

아빠가 류블랴나대학에 임용되었고, 결국 가족 모두가 슬로베니아에서 살기로 결정했다. 적어도 2년, 길면 언제까지가 될지 모르는 상황이었다. 그래서 먼저 아빠가 슬로베니아로 떠나기로 했다. 먼저 가서, 살(!) 준비를 하기로 했다. 집을 구하고 필요한 것들 미리 사고, 거주에 필요한 서류들을 준비하고. 그런 아빠의 마음은 복잡했다. 다시 한국을 떠나 낯선 외국에서 살 생각을 하니 마음이 편할 수 없었다. 가족들에게 미안한 마음이 컸다.

아빠가 슬로베니아로 떠나기 며칠 전, 딸이 심하게 아팠다.
아파도 아프다고 잘 내색하지 않던 딸, 아파도 꾹 잘 참던 그런 딸이 아프다고 말했다. 그건 정말 아프다는 뜻이다.
밤새 열은 내리지 않았고, 엄마는 딸의 곁을 떠나지 못했다. 물론, 한숨도 자지 못한 채.
아빠는 두 사람 옆에서 졸다 깨다를 반복했다. 가끔 자다 깨서 엄마가 물수건을 짜는 것을 멍하니 봤다. 아니 보고도 못 본 척했다. 아빠는 스스로가 참 한심했다.

아침이 되었고, 한숨도 못 잔 엄마는 출근해야 했고,
아빠가 딸과 병원에 가야 했다. 출근 시간이 지난 한적한 동네 골목을 아픈 딸과 걸었다. 다시 아빠의 마음은 복잡하고 미안했다.
아빠가 물었다.

힘들지? 아빠가 업어줄까?

딸의 얼굴이 너무 창백했다.
마치 밤새 딸의 모든 기운이 몸 밖으로 빠져나가 증발했을지도 모른다는 걱정에 아빠는 마음이 무거웠다. 조심스레 딸의 표정을 살폈다. 평소라면 씨익 웃고 말았을 딸인데, 그날만은 달랐다.
딸은 조심스럽게 고개를 끄덕이고 있었다. 업어달라고 말하고 있었다. 그 끄덕임에 미안함이 엿보였다. 아빠가 더 미안했다. 딸은 등에 업혔다. 딸도 미안해 했다. 업기엔 이미 너무 커버린 딸이 작은 목소리로 이렇게 물었다.

아빠, 안 무거워?

아빠는 아주 솔직히 대답했다.

하나도 안 무거워! 슬로베니아까지도 업고 갈 수 있겠는걸.

딸이 웃었다.
아빠는 그 웃음을 등으로 느낄 수 있었다. 딸의 뜨거운 얼굴이 등에서 들썩거리는 것이 느껴졌다. 힘없이 뜨거운 웃음. 아빠는 슬프면서 기뻤다. 그나마 웃을 수 있으니 다행이라고 생각했다.
의사는 딸이 독감이라며, 처방전에 타미플루 5일분이라고 적어줬다.
딸의 손을 잡았다. 여전히 뜨거웠다. 아빠는 딸을 다시 업고 싶었다.
딸은 괜찮다고 했다.

며칠 뒤, 아빠는 슬로베니아로 떠났고, 딸은 금세 괜찮아졌다.
슬로베니아에 도착한 아빠는 제일 먼저 '아령'을 샀다.
다시는 병원에 가는 길에 딸을 업고 싶지 않았지만, 만약 그래야 한다면 무거움 따윈 느끼고 싶지 않았기 때문에. 그래서인지 딸을 생각하면 드는 아령은 무겁지 않다. 대신 뭔가 조금 애잔하다.

2013. 03

"딸아, 건강하렴. 사랑을 지키기 위해서는 정확히 마음 반, 몸 반이 필요하거든!"

interview

태희에게
묻겠습니다

가족 사랑 편

아빠, 엄마는 물론이고 가족들을 각별히 사랑하는 딸. 딸에게 가족들 이야기를 들어보았다.

가족이란 무엇인가요?

없으면 안 되는 존재! 있으면 행복한 존재! 보고만 있어도 기분이 좋은 존재!

자, 오늘은 엄마, 아빠를 뺀 가족들에 대해 이야기해 보도록 해요. 일단, '가족' 하면 가장 먼저 떠오르는 사람이 누구인가요?

좀 섭섭하신 분들이 계시겠지만, 솔직히 말씀드릴게요. 머릿속이 두 분이 떠오르네요. 친할아버지와 둘째 이모! 모르겠어요. 두 분을 생각하면 좋아요. 따뜻한 이미지!

무한한 사랑을 받아요!

그래요. 그럼 친할아버지에 대한 몇몇 일화를 얘기해주겠습니까?

일단, 잘 삐치세요. 평소에는 아주 친절하신데, 카카오톡 보고 대답을 안 하거나, 전화를 안 받으면 삐치시죠. (하하하.) 좋은 추억이 많이 있어요. 함께 인천에 가서 바다도 보고, 차이나타운에서 짜장면도 먹었어요. 제가 회장이

되었을 때는 너무 좋으셨던지 동네방네 다 소문을
내셨어요. 할아버지 댁에 놀러 가서 식당에 갔는데,
친구분들이 오셔서 네가 '반장'이냐고 물으셔서
너무 창피했어요. (회장의 예전 명칭은 반장이다.)
할아버지는 그만큼 제가 자랑스러우셨나 봐요.
뉴스 보는 것을 좋아하시고, 진지한 분이지만 제
간식도 빼앗아 드시고, 제게는 장난도 너무 잘
치세요. 저랑 카드놀이를 하고 싶으시다고
우노uno 카드 놀이법도 배우셨어요. 생일 때는 고르고
싶은 거 다 고르라고 하시면서 토이저러스 같은 큰
완구점에 저를 데리고 가셨어요. 큰 서점에 가서 읽고
싶은 책을 다 고르라고도 하셨어요. 자전거를 사주신
분도 할아버지예요. 저를 위해서 뭐든 다 해주시는
분이에요.

다른 할아버지나 할머니 얘기를 해볼까요?

외할머니 얘기를 해볼까요? 외할머니는 조용하시고
친절하신 분인데, 허리가 많이 편찮으세요. 그래도
제 앞에서는 괜찮다고 하세요. 제가 좋아하는 간식도
만들어주시고, 제 친구들에게도 아주 친절하게
해주세요. 어서 건강을 찾으셔야 할 텐데.

그럼 친할머니는 어떤 분이신가요?

친할머니는 요리의 달인이지요. 음식을 엄청나게

잘하시는데, 그중 최고는 육개장이에요. 떡국도 너무 맛있게 끓이시고, 김치도 진짜 맛있게 담그세요. 청소, 정리도 정말 잘하세요. 지저분한 것, 어질러진 것은 못 보세요. 참, 명품 가방 이런 것도 좋아하세요. 언젠가는 함께 명동에 가서 맛있는 것도 먹고, 연예인 노홍철도 본 적이 있어요. 증조할머니를 뵙기 위해 함께 시골에 내려갔던 기억도 나네요.

외할아버지 생각은 안 나요?

당연히 나죠. 외할아버지는 잔소리를 좀 하세요. 이것 치워라, 저것 치워라. 사랑한다, 좋아한다고 표현은 안 하시는 편이지만 저를 좋아하시는 게 느껴져요. 자전거도 함께 타주시고 종이접기도 해주시고, 동물의 왕국 이야기도 많이 해주셨어요. 등산을 좋아하시고, 한자 공부도 열심히 하세요.

딸은 할아버지, 할머니 얘기를 하면서 방긋방긋 웃었다. 에피소드들을 얘기하는 순간에는 눈이 반짝거렸다. 아빠는 미안해졌다. 딸에게 소중한 무언가를 빼앗은 것 같았다. 그리고 할아버지, 할머니에게서도 무언가를 빼앗은 기분이 들었다.

또 다른 친구 같은

할아버지, 할머니만큼 이모들이랑도 친했잖아요?

그럼요! 이모들이랑 정말 친했죠. 제가 이모들 소개팅, 데이트에 많이 따라다녔어요. 지금 생각하면 너무 미안해요.
왕(첫째) 이모는 얼굴이 하얗고 예뻐요. 지금은 지한이, 지율이의 엄마가 되어서 제주도에 살고 있어요.
둘째 이모는 도자기를 만드는 예술가예요. 이모네 집에 놀러도 갔고, 같이 도자기도 만들어봤어요. 무엇보다도 이모는 제 얘기를 너무 잘 들어줬어요. 친구 같은 이모예요.
막내 이모랑은 맛있는 것 먹으러 많이 다녔어요. 막내 이모는 패션 센스가 끝내주죠. 잘 꾸미고, 예쁜 옷도 많아요. 그런데 이제는 딸이 둘이나 있어서 그렇게 못하는 것 같아요. 참, 맥주도 좋아했는데 이제는 많이 못 마시는 것 같아서 참 안 되었어요.
이모들이 많이 보고 싶어요. 늘 친절하게 대해주고 선물도 많이 사주고, 저를 너무너무 사랑해줬어요.

맞다!
이모들이 없었으면 딸은 덜 행복했을 것이 분명했다.

아빠가 공부를 핑계로 자리를 비운 동안 이모들은 아빠의 빈자리를 채우고도 남았다. 때로는 친구처럼, 때로는 엄마처럼, 때로는 아빠처럼, 그렇게 딸을 돌봐줬던 이모들.

모두 보고 싶어요!

그리고 또 생각나는 친척(들)이 있나요?

민재가 생각나요! 민재는 아빠 사촌 누나의 딸이에요. 그러니까 6촌이지요. 6촌은 좀 먼 사이지만, 저희는 (동갑) 친구였기 때문에 아주 친하게 지냈어요. 자주 만나서 밥도 같이 먹고 놀기도 하고 민재네 집에서 잠도 자고, 우리 집에 놀러 오고, 쇼핑도 같이 하고, 카페에도 같이 가고, 민재 친구들도 만나고. 정말 6촌이지만 친구처럼 지냈어요. 친구 민재가 보고 싶네요.

그래요. 가족들과 가깝게 지낸 것 같아 좋으면서 슬프네요. 끝으로 한국에 있는 가족들에게 하고 싶은 말이 있나요?

하하하. 나중에 한국에 가면 맛있는 것도 같이 먹고, 같이 뒹굴고, 같이 잠도 자고, 이제 외사촌 동생들도 많이 컸으니 함께 놀이동산에도 가요!

끝으로 가족 중에 딱 한 명만 볼 수 있다면 누굴 보고 싶나요?

다른 분들께는 매우 미안하지만, 외할아버지요! 외할아버지를 보고 싶어요. 사실, 다른 분들과는 영상통화도 자주 하고 전화도 자주 하는 편인데 외할아버지랑은 그렇지 못 해요. 친할아버지랑은 일주일에 3번씩, 많을 때는 매일 매일 영상통화를 해요. 할머니들이랑도 자주 얘기하는 편이고요. 그런데, 외할아버지랑은 자주 통화도 못 해요. 그래서 딱 한 분만 만나야 한다면, 외할아버지를 만나고 싶어요! (다른 분들 삐치지 마세요!)

딸아,

태어나줘서 고마워.

예쁘게 크고 있어서 고마워.

그리고

낳아주셔서 고맙다고 말해줘서

고마워!

작지만 아름다운 도시, 류블랴나

2013. 06
~
2016…

류블랴나에서 태희가

처음 슬로베니아에 도착했을 때 정말 깜짝 놀랐어요.

공항이 너무 작았어요. 사람들도 너무 적었고, 또 너무 조용했어요. 아빠 말대로 사람도 정말 몇 명밖에 보이지 않았어요.
사람이 없는 조용한 공항 분위기를 느끼고 있을 때, 아빠가 우리를 향해 손을 흔들었지요. 서로 얼싸안고 좋아했어요. 공항 건물을 빠져나오자 눈앞에 높은 산이 보였어요.

드디어 도착했구나!

오랜만에 만난 아빠가 정말 반가웠지요. 공항에서 나와 작은 버스를 타고 앞으로 살 집으로 가는데 점점 마음이 불안해졌어요.

서울과는 다른 분위기.
우리가 너무 시골로 온 건 아닐까? 이건 꿈일까?
하지만 하루 이틀 지내면서 점점 류블랴나의 매력에 빠졌지요.
우선 사람들이 너무 친절했어요. 류블랴나 사람들은 처음 보는 사람에게도 꼭 인사를 했어요. 모스크바는 조금 어두운 분위기가 있었는데, 슬로베니아에는 그런 어둠이 없었어요.
제가 생각한 것보다 류블랴나는 작지 않은 도시였어요. 물론, 서울이나 모스크바보다는 훨씬 작았지만, 필요한 것은 다 있었어요. 공원, 백화점, 카페, 학교, 박물관, 미술관 등.

드디어, 제가 슬로베니아 학교에 가는 날이 되었어요. 정말 겁이 나고 무서웠어요. 한국에서 초등학교에 처음 갈 때보다 더 무서웠어요.
하지만 걱정과는 달리 친구들도 착하고 선생님도 좋으셨어요.

첫날, 엄마, 아빠의 손을 잡고 간신히 교실에 들어갔는데, 인디아Indija라는 친구가 다가와 한국말로 "안녕?"이라고 했어요. 그 말을 들으니 무서움이 싹 사라졌어요. 그러나 너무 긴장한 탓에 저는 잘하지도 못하는 영어로 어색하게 떨리는 목소리로 "땡큐Thank you"라고 했지요.

3년이 지난 지금은 친구들과 재밌게 놀고, 슬로베니아어로 대화도 제법 한답니다. 슬로베니아에서 적응을 잘해 사는 것 같아 자랑스럽기도 해요.
슬로베니아어로 공부하는 것이 어려우면 언니 같은 과외선생님 라라Lara에게도 물어보고, 같은 반 친구들한테도 물어봐요. 그리고 학교에는 저를 위해 특별 수업을 해주시는 빌마Vilma 선생님도 계세요. 친구들, 선생님들은 거의 다 친절하게 대답해줘요. 어떤 친구들은 한국어를 배우고 싶겠다고 저를 조르기도 해요. 조금 배우다가 다 포기하면서들.

슬로베니아에 와서 엄마, 아빠와 다른 나라에 여행도 많이 갔어요. 이탈리아, 오스트리아, 크로아티아, 헝가리, 크로아티아……. 자세한 것들이 다 기억나지는 않지만, 모두 '동그랗게' 좋은 기억으로 남아있어요.

가끔은 제가 엄청 좋아하는, 이곳에는 없거나 가기 쉽지 않은 찜질방, 노래방, 한국식 백화점에 가고 싶을 때도 있어요. 물론, 한국에 있는 가족들이 너무 보고 싶지요. 다행스럽게 요새는 가족들과 영상통화도 자주 해요.

슬로베니아가 참 좋아요.

류블랴나가 서울보다, 모스크바보다 더 여유가 있는 것 같아요. 그리고 무엇보다도 '그냥' 슬로베니아라서 좋아요. 언제까지 류블랴나에 살지 모르겠지만, 사는 동안 여기서 계속 행복했으면 좋겠어요.

여름학교

딸과 엄마가 6월에 류블랴나에 도착했다.
두 달 전인 4월에 먼저 도착한 아빠는 딸과 엄마를 위해 집을 구했고 딸이 다닐 학교를 알아봤다. 딸이 다닐 학교에 미리 가서 인사를 하고, 필요한 서류들을 준비하고 상담도 하고, 딸이 오면 인사하러 오겠다고 했다. 그리고 딸은 9월, 즉 새 학년부터 등교하기로 했다.

아빠는 슬로베니아에 입국한 딸과 엄마의 손을 잡고 학교에 갔다. 상담실에 가서 딸의 상황을 소상히 설명했다. 상담선생님은 이미 딸이 들어갈 반을 배정했고, 담임선생님께도 상황을 충분히 설명했다고 했다. 사서선생님이 딸을 위해 따로 시간을 내서 슬로베니아어를 가르쳐 줄 예정이라고 했다. 상담선생님이 이렇게 물었다.

(정식 등교 전인) 여름방학 동안 태희에게 특별한 계획이 있나요?

아빠와 엄마는 특별히 없다고 했다. 그러자 선생님은 '여름학교'를 제안했다. 아빠와 엄마는 처음에 이해하지 못했다.
갑자기 여름학교라니. 선생님이 말한 여름학교는 이런 것이었다. 여름방학 동안 맞벌이하는 가정을 위해 정부 혹은 대기업에서 운영하는 일종의 '돌봄교실' 같은 것. 별도의 교육은 하지 않고, 선생님들이 아이들과 함께 놀아준다. 류블랴나에는 꽤 많은 여름학교가 있는데, 어떤 곳은 공짜, 어떤 곳은 형식적인 수준의 비용을 내거나 학부형들이 자발적으로 기부하기도 한다. 아빠와 엄마는 딸에게 의중을 물었다.

딸은 힘없이 고개를 끄덕였다. 상담선생님은 딸이 동의하는 모습을 보고, 바로 어딘가로 전화했고, 여름학교 등록까지 도와주셨다.

그리고 며칠 뒤, 선생님이 소개해 준 여름학교에 갔다. 학교에서 멀지 않은 오래된 유럽식 건물 지하였다. 슬로베니아어도, 영어도 한마디 못하는 딸을 두고 나오는 일이 쉽지 않았다. 엄마의 얼굴은 어두웠다. 여름학교가 끝나는 오후 3시까지 엄마는 안절부절 못했다. 아빠는 아닌 척했지만, 그런 척한 것일 뿐이었다.

오후 3시가 되어서 아빠는 엄마와 함께 아주 조심스럽게 여름학교에 갔다. 하지만 딸이 보이지 않았다. 젊은 선생님께 딸이 어디 있냐고 물었더니 웃으며 건너편 방을 가리키셨다. 사무실 건너편에는 꽤

작지만, 아름다운 류블랴나가 참 좋아요.

큰 방이 있었다. 방 안에는 탁구대가 있었고, 몇몇은 공을 가지고 놀고 있었다. 딸은 그 방에서 누군가와 웃으며 이야기를 하고 있었다.

아빠도, 엄마도 믿을 수가 없었다. 말 한마디 못하는 딸이 누군가와 이야기를 하고, 깔깔거리고 있다니. 딸이 외국어 천재였나?
잠시 뒤, 딸이 아빠, 엄마를 발견하고 친구(누군가)에게 인사를 하고 달려왔다. 엄마는 이산가족을 만난 표정으로 딸을 안았고, 아빠는 아무렇지도 않은 척을 했다.

집으로 돌아오는 길에 딸에게 물었다.

태희야, 그런데 그 친구가 하는 말을 알아들었어?

딸은 웃으며,

아니, 못 알아들었지. 그래서 그냥 웃었어.

잘했다. 잘 웃었다.

딸은 그 후로도 여름이면 여름학교를 찾아간다. 거기서 친구를 만나고, 웃고, 즐긴다. 첫해에는 웃기만 했던 딸이 다음 해에는 대화도 했고, 그다음 해에는 연극도 했다. 그때, 그 여름학교 덕에 딸은 같은 학교에 다니는 친구들도 미리 만날 수 있었고, 얼굴색이 다른 사람들도 모두 같다는 사실을 깨닫게 되었다. 그리고 때로는 서로 말을 알아듣지 못해도 소통할 수 있다는 진리도 스스로 알게 되었다.

그리고 아빠는 늘 감사하고 있다. 여름학교를 소개해 준 상담선생님, 여름학교에서 말을 못 알아듣는 외국 꼬마를 잘 돌봐주신 분들 그리고 함께 (뛰어) 놀아 준 아이들.

2013. 06

“ 딸아, 그때 웃어줘서 고마워. 알아듣지 못하는 말을 듣고 웃고 있기가 쉽지 않잖아. 하지만 네가 보여준 웃음 덕에 친구들도, 선생님들도, 심지어 아빠, 엄마도 너무 행복했단다. ”

키신이 누구?

아빠가 물었다.

태희야, 너 피아노 좋아하지?

딸은 고개를 끄덕거렸다.

그럼, 아빠랑 피아노 독주회 갈래?

딸은 고개를 끄덕거렸다. 그리고 물었다.

피아니스트가 누군데?

아빠는 대답했다.

*예브게니 키신*Evgeny Kissin*!*

딸은 무슨 말인지 알아듣지 못하겠다는 표정으로 다시 물었다.

키신? 키신이 누구예요?

아빠가 대답했다.

키신은 러시아의 세계적인 피아니스트야. 우리나라에서도 유명하고 인기도 많아. 평일이어서 피곤하지 않으면 들으러 갈래? 한국에서는 쉽게 들을 수 없을 거야. 비싸기도 하고.

딸은 좋다고 했다. 피아노 연주를 듣는 것은 언제나 행복한 일이라고 했다.
류블랴나는 이른바 대도시가 아니므로 공연장이 많지 않은 데다, 어마어마한 뮤지션이 자주 찾지는 않는다. 하지만 유럽에 있다는 이유로, 작지만 수도라는 이유로 좋은 공연을 저렴하게 접할 수 있는 기회가 오기도 한다. 동유럽에서 서유럽으로 (혹은 서유럽에서 동유럽으로) 넘어가면서 들리기 좋은 장소이다.
꽤 쌀쌀했던 가을밤, 가족은 키신의 연주를 들을 수 있게 되었다. 아빠는 미리 좋은 자리의 표를 예매했고, 한국에서는 상상하기 힘들 정도로 가까운 곳에서 키신을 만날 수 있었다. 키신의 손가락

하나하나가 보일 정도였다. 아빠는 물론이고, 엄마도 조금 들뜬 표정이었다.

슈베르트의 피아노 소나타 17번 D 장조 D. 850이 키신의 손가락에서 흘러나왔다. 관객들은 숨을 죽이고, 아빠도, 엄마도 눈과 귀를 피아노 앞에 앉아 경이로움을 연주하는 키신에게 집중했다. 그의 손가락이 아주 섬세하게 움직였다. 그리고 그 섬세함이 만드는 아름다움이 공연장을 꽉 채웠다. 그것은 분명히 소리 이상이었다.

그런데 그때, 어디선가, 그 경이로움 깨는 괴상한 소리가 들렸다. 피아노 선율을 방해하는 소리. 크지는 않았지만 분명히 아빠의 귀를 불쾌하게 자극하는 소리였다. 그것도 반복적인 템포의 소음. 아빠는 엄마를 쿡쿡 찔렀다. 엄마도 역시 소음을 이미 감지했다는 표정이었다. 이런 소리였다.

새근새근.
새근새근.

누군가가 잠자는 소리.
너무 곤히 자고 있어 깨울 수 없을 정도로 포근히 자고 있다는 것을 알리는 소리. 코 고는 소리는 아니었고, 그냥 곤히 자는 소리였다. 그렇다. 딸이 자고 있었다. 딸에게 슈베르트는, 키신의 연주는 자장가였다. 아빠와 엄마는 딸을 살짝 건드려 깨웠고, 딸은 누구나 그렇듯, '난 자고 있지 않았다.'는 표정을 지었다.

공연이 끝나고, 아빠가 딸에게 물었다.

태희야, 피곤했니?

딸은 천진한 표정으로 아니라고 했다. 며칠 뒤, 아빠가 딸에게 또 물었다.

태희야, 키신 어땠어?

딸은 천진한 표정으로 이렇게 대답했다.

아빠, 키신이 누구예요?

2013. 09

"딸아, 사랑한다고 모든 것을 공유할 순 없어.
하지만 함께하려는 마음만으로 이미 우리는 서로 충분히 사랑하고 있는 거야."

장구치고,
징을 치고, 노래하고

아빠는 메일을 한 통 받았다. 딸의 담임선생님이 보낸 메일이었다.
딸이 슬로베니아 학교로 전학을 간 지 3개월 정도 되었을 때였다.

학부형들에게 학교를 개방하는 '오픈 데이Open Day'에 한국적인
볼거리를 준비해줬으면 좋겠다는 내용이었다.
아빠는 'Yes'라고 답했다. 별생각 없이 대답하고, 고민에 빠졌다.
아빠도, 엄마도 잘하는 것이 없었다. 특히 한국적인 것들에는
자신이 없었다. 장고 끝에, 딸은 한복을 입고 장구를 치기로 했고,
아빠는 징을 치기로 했다. 엄마는 노래를 부르기로 하고.
(다행스럽게도 아빠가 일하는 대학에 장구와 징이 있었다.) 결과가
웃길 것이라는 것을 알고 있었지만, 그래도 최선을 다하기로 했다.
연습을 핑계로 저녁마다 이상한 판을 벌였다.
딸이 연출자가 되었다. 한국에 있을 때, '공동육아'를 하면서 배운
것들을 아빠와 엄마에게 가르쳐 주었다.

오픈 데이 당일.
학교 도서관에 가득한 학생들, 학부형들, 선생님들.
자유롭게 책을 읽을 수 있도록 설계된 도서관도 인상적이었지만, 학부형들이 친구들처럼 서로 어울려 이야기를 나누는 것도 좋아 보였다. 그리고 그중에 '아빠'도 많았다.

선생님이 호명하자 몇몇 학생들이 앞으로 나왔다. 딸을 포함한 외국인 학생들이었다.

첫 번째로 소개된 가족은 한나Hanna의 가족.
한나 아빠가 슬로베니아어로 자신의 가족에 관해 설명했다.
한나의 가족은 아빠가 에티오피아 사람이고, 엄마는 슬로베니아 사람이었다. 슬로베니아에서 산 지가 10년이 넘었다고 했다.
대학에서 연구원으로 일하는 한나 아빠는 유창한 슬로베니아어로 모두를 놀라게 했다. 소개가 끝나고, 가족 모두가 합창했다.

그다음으로 딸의 이름이 호명되었다. 담임선생님은 커다란 지도를 펼쳐 학생들(과 학부형들)에게 우리가 얼마나 먼 곳에서 왔는지 설명해줬다.
대한민국과 슬로베니아, 결코 가깝지 않은 두 나라.
아빠가 짧은 슬로베니아어로 인사를 했고, 우리는 준비한 대로 장구를 치고, 징을 쳤다. 그리고 노래를 불렀다.

언제나 친절한 슬로베니아 친구들과 선생님들이 없었다면
저는 아직도 고생 중이었을 거예요.

하늘 보고 별을 따고 땅을 보고 농사짓고
(덩덩 쿵따쿵 쿵따쿵따 쿵따쿵)
올해도 풍년이요 내년에도 대풍일세
(덩덩 쿵따쿵 쿵따쿵따 쿵따쿵)
달아달아 밝은 달아 대낮같이 밝은 달아
(덩덩 쿵따쿵 쿵따쿵따 쿵따쿵)
어둠 속의 불빛이 우리네를 비춰주네
(덩덩 쿵따쿵 쿵따쿵따 쿵따쿵)

우리는 '풍년'을 노래했다. 예상대로 엄청나게 못했지만, 어마어마한 박수를 받았다.

그 박수는 환영의 박수였으며,
격려의 박수였으며,
따뜻한 박수였다.

따뜻한 박수가 멈춘 뒤, 엄마가 영어로 감사 인사를 전했고, 학부형 한 명이 즉석에서 통역을 해줬다. 다시 따뜻한 박수가 이어졌다. 아빠는 딸이 학교생활을 잘할 수 있을 거라는 확신이 들었다. 그리고 마음이 따뜻해짐을 느꼈다.

2013.12

“ 딸아, 친구들이 우리에게 따뜻하게 해줬듯이 우리도 그들에게 따뜻하게 해주자. 사람이 어디서 태어났는지는 중요하지 않아. 결국, 가장 중요한 것은 지금 우리가 있는 곳이란다. ”

달걀을 던지고 싶은 사람

한국에서 살지 않는 아빠는 한국에 있을 때보다 훨씬 더 한국의 정치, 한국의 경제, 한국의 사회에 관심을 많이 두게 되었다. 아빠는 그것을 '한국학 교수'라는 직업병이라고 우기지만, 어쩌면 그리움일지도 모르고 안타까움일지도 모른다.

한국 신문을 보다가 아빠가 화가 나서 뭘 좀 먹어야겠다며, 씩씩거리며 냉장고 문을 열었다. 냉장고 안에서 유통기간이 지난 달걀을 두 개 발견하고,

헉! 유통기간 지났네! 어쩌지?

그 말을 들은 딸이,

버려야지 뭐.

아빠가 다시,

어차피 버릴 거 누구한테 '팍' 던져버리고 싶다.

딸은 살짝 놀라며,

신문에서 본 아빠가 싫어하는 '그 사람'에게 던질 거야?

아빠가 고개를 끄덕거리자 딸은,

던지지 말고! 이 이야기도 페이스북에 올리지 마!

아빠는 고개를 끄덕거렸지만, 좀 슬펐다. 좀 많이 슬펐다.
얼굴에 달걀을 집어 던지고 싶은 사람이 있다는 사실이 좀 슬펐고,
하고 싶은 말을 마음대로 하면 안 되는 세상이라는 것이 더 슬펐고,
어린 딸이 그런 세상에 대해 이미 알아버렸다는 것이 아주 슬펐다.

2013. 12

" 딸아, 너는 누군가를 미워하지 않았으면 좋겠어. 미워하는 마음이 커지면, 사랑할 수 있는 마음이 부족해질지도 모르잖아. "

이기적인 아빠

아빠는 이기적인 사람이다. 그리고 항상 그것이 옳다고 생각하는
사람이다. 특히, 가족들에게는 이기적인 아빠가 되려고 노력하는
편이다.

유럽에서 살면서 그런 생각이 더욱 강해졌다. 자신이 행복하지
않으면 다른 사람의 행복을 기원해줄 수 없다고 생각한다.
가족이라도 결국은 다 개별적인 존재이며, 언젠가는 떠날 존재이다.
그래서 우선 '나'를 생각해야 한다.

아빠라고 절대 딸에게 맛있는 것을 양보할 필요가 없다!
실제로 아빠는 딸이 좋아하는 음식을 딸이 자는 사이에
다 먹어버리곤 한다. 외식 메뉴도 딸 중심으로 결정되는 법이 없다.
딸은 그저 1/n의 의견을 낼 수 있는 구성원일 뿐이다. 가끔은 외식비도
1/n로 부담하기까지 한다.

아빠라고 딸의 교육을 핑계로 가기 싫은 곳을 억지로 갈 필요가 없다!
여행을 갈 때도 양보가 없다. 단, 협상은 있다. 딸이 원하는 곳에는
혼자 보내고, 아빠는 기다리며 독서를 하거나 음악을 듣는다. 그리고
그것이 대단한 배려라고 생각한다.
아빠라고 딸보다 '구린' 물건을 사지 않는다!

오히려 딸보다 더 좋은 물건을 사려고 노력한다. 예를 들면,
킥 스쿠터Kick Scooter, 롱보드Long Board, 자전거, 태블릿 PC, 휴대전화,
휴대전화 케이스, 헤드폰, 모자, 샌들 등.

아빠는 주장한다. 아빠가 먼저 즐거워야 한다. 아빠가 가장 행복해야
한다. 그래야 가족들도 행복할 수 있다.
가장이 스스로 행복하지 않은데, 어찌 가족들의 행복까지 돌볼 수
있겠는가!

이유야 어쨌든 아빠는 '꽤' 이기적인 부모이고, 이기적인 가장이라고 할
수 있다. 그나마 다행인 것은 아빠가 그 사실을 스스로 알고 있다는 것.

그렇게 이기적인 아빠가 어느 날, 딸에게 이런 말을 했다.

태희야, 너 그거 너무 이기적인 거 아니니?

그 말을 들을 딸은 어이가 없다는 표정으로 이렇게 말했다.

아빠, 내가 '2'기적이라면, 아빠는 '1000' 기적이야! 알아?

2014. 01

" 딸아, 아빠는 세상의 모든 부모가 더욱 이기적이었으면 좋겠어. 자식을 위해 희생하는 순간, 부모의 삶은 불행해질 수 있고, 행복하지 않은 부모는 자식들에게 행복한 삶이 뭔지 보여줄 수 없잖아. 안 그래? "

블레드 호수에서 인형 놀이를

슬로베니아 최고의 관광지라면 단연 블레드 호수이다.
특히, 블레드 호수는 한국 관광객들에게 사랑받는 곳으로 유명하다.
북한의 김일성이 유고슬라비아에서 가장 좋아했던 곳이라는 말이 있고, 블레드를 찾았던 김일성이 그 아름다움에 취해 일정보다 더 오래 있었다는 얘기도 있다. 그래서 지금까지도 김일성이 묵었던, 블레드 호수가 가장 '멋지게' 보인다는 호텔의 커피숍에 관광객들이 많다. 슬로베니아 패키지여행 상품에 수도인 '류블랴나'는 자주 빠지지만 블레드 호수가 빠지는 경우는 거의 없다.

슬로베니아를 제대로 대표하고 있는 그곳이 바로 작지만 깨끗하고 아름다운 호수 '블레드'이다.
볕이 좋은 봄날, 아빠와 엄마는 딸에게 '아름다운 블레드 호수'에서 특별한 추억을 만들어주고 싶었다. 그래서 딸의 가장 친한 친구를 초대했고, 아빠는 호수에 같이 가자고 했다.

슬로베니아가 좋은 점은
남들에게 피해만 주지 않으면 뭐든 할 수 있다는 것이에요.
호수에서 인형 놀이를 해도 오케이!

아이들은 좋아했고, 엄마, 아빠도 기분이 좋았다.

류블랴나에서 차로 한 시간이면 갈 수 있는 블레드.
가는 길도 예뻤고, 가는 길에 먹은 아이스크림도 달았다.

블레드 호수를 한눈에 내려다볼 수 있는 블레드 성 앞 잔디에
돗자리를 깔고, 한국식으로 준비한 도시락을 까먹었다. 꿀맛이었다.
호수가 한눈에 다 보이는 블레드 성Bled Castle에 올라가 노천카페에
자리를 잡았다. 아빠, 엄마, 딸, 친구 넷이 한자리에 앉아 마실 거리를
주문하려고 하자, 딸이 조심스럽게 자리를 옮기면 안 되겠냐고
물었다. 아빠, 엄마 없이 둘만 앉고 싶다는 거였다. 아빠, 엄마는 조금
이상했지만, 그러라고 했다. 자리를 옮긴 딸과 친구는 가방에서
무언가를 꺼냈다.

인형들이었다!
두 어린이는 아름다운 블레드 호수를 배경으로 인형 놀이를 시작했다.
절경 앞에서 즐기는 인형 놀이라니.
아빠와 엄마는 웃었다.

그래. 가장 아름다운 곳에서, 가장 친한 친구랑,
가장 하고 싶은 것을 해야지!

관광객들도 두 어린이의 놀이를 보며 웃었다. 코코아를 서빙한 종업원도 웃었다. 물론, 가장 많이 웃었던 사람은 두 어린이였다. 한국 관광객들도 이 광경을 목격하고, 웃었다.

그렇게 볕이 좋은 봄날,
아빠와 엄마는 딸에게 특별한 추억을 선사했다.
물론, 딸도 아빠, 엄마에게 특별한 추억을 선사했고.

2014. 03

“ 딸아, 더 좋은 추억을 선물할게. 살다 보니, ‘추억’보다는 좋은 선물은 ‘더 좋은’ 추억밖에 없더라. ”

류블랴나 2013. 06 ~ 2016…

세월호
그리고 함께 죽음

그날 이후, 딸은 아빠에게 이런 부탁을 했다.

아빠, 제 앞에서는 그 이야기를 안 하시면 안 돼요?

딸은 슬퍼했고,
딸은 무서워했다.

그 이야기를 들은 날에는 어김없이 잠을 설쳤고, 심지어 다음 날까지도 표정이 좋지 않았다. 그래서 아빠는 되도록 그 이야기를 피하려 했다. 딸은 여느 초등학생들처럼, 여느 사람들처럼 '죽음'을 두려워했다.

2014년 4월 16일.
바로 그날, 가족들 모두 오페라를 봤다. 제목은 돈키호테.
죄스럽게도 조국 전체가 슬퍼하고 있을 때, 우리는 고상한 척 여흥이나 즐기고 있었다. 아름다운 류블랴나 발레-오페라 극장 앞에서 사진을 찍고, 공연이 끝난 뒤에서는 봄밤의 정취를 느꼈다.

그래서인지 그 후로, 아빠는 더욱더, 아무런 잘못 없이 죽어야 했던 이들 그리고 가족들, 또 조국에 남아 함께 슬퍼했던 사람들에게 미안하고 미안했다. 깊은 슬픔과 슬픈 죽음이 아빠의 머리 밖으로 빠져나갈 기미가 전혀 보이지 않았다.
딸은 그것이 싫었을지도 모르겠다. 긴 무기력함이 아빠를 힘들게 했고 아마 그것 때문에 딸도 힘들게 했을 것이 분명하다.

어느 날, 무기력한 아빠가 딸에 물었다. 절대 해선 안 될 질문이었는데.

태희야, 혹시 아빠가 먼저 죽으면 어떡할래?

하지만 딸은 놀라지 않고 마치 아빠의 질문을 기다리고 있었다는 듯 답했다.

어쩌긴. 같이 죽지, 뭐!

그 대답을 들은 아빠는 정신이 번쩍 들었다. 그리고 한없이 미안해졌다.
딸에게, 가족들에게,
차가운 바닷속에서 세상과 작별한 사람들에게,

그리고 자신에게도.

그 후로 아빠는 죽음의 바다에서 현실의 뭍으로 올라왔다.
딸 앞에서 죽음에 관해 이야기하지 않았다. 슬픈 모습도 보이지 않았다.
딸과 같이 떠나고 싶지도 않았고, 먼저 떠나고 싶지도 않았다.
그저 오래오래 함께 있고 싶었다. 함께 있기로 했다. 그렇게 노력하기로 했다.

그것이 살아남은 사람의 도리라고,
살아남은 부모의 의무라고 믿으며
그렇게 하기로 했다.

2014. 04

“딸아, 아직도 그날을 생각하면 아빠는 미안하고 슬프고 잠이 오지 않는단다.”

BFF,
베스트 프렌드 포에버

인구 200만의 작은 나라 슬로베니아.
인구 30만의 작은 수도 류블랴나.

지금은 없지만, 얼마 전까지만 해도 이 작은 도시, 류블랴나에 딸과
한국어로 소통할 수 있는 친구가 있었다.
류블랴나에 사는 한국인은 스무 명이 되지 않는다. 그중에 딸 또래의
한국 국적의 여아는 없었고, 지금도 없다. 그래서 딸은 또래와
한국어를 쓸 일이 없었다. 아빠는 그 점이 딸에게 늘 미안했다.
슬로베니아 친구들도 소중하고, 그들과도 잘 지내고 있어 너무나도
다행이지만, 왠지 한국(국적의) 친구가 있으면 더 좋을 것 같다는
생각을 늘 했고, 앞으로도 할 것 같다.

류블랴나에서 딸과 한국어로 놀았던 친구의 국적은 벨기에였다.
'수지'라는 예쁜 이름을 가진 이 친구는 주슬로베니아 벨기에 대사의

딸이었고, 그녀의 엄마가 바로 한국인이었다. 그 덕에 불어도 한국어도 잘하는 친구였다.
수지와 딸은 죽이 잘 맞았다.
동갑내기 여자아이들끼리 공감할 수 있는 무언가가 있었던 것이 확실했다. (물론, 아빠는 그것이 뭔지 잘 몰랐다.) 각각 (딸은) 슬로베니아 학교와 (수지는) 프랑스 학교에 다녔기 때문에 주중에는 만나기 힘들었지만 주말이면 서로 연락을 하고, 만났다가 헤어질 시간이면 헤어지기 싫다며 울기까지 했다. (아빠는 전혀 이해할 수 없었지만.) 파자마 파티도 많이 했고, 둘이 무언가를 연출해서 만들기를 좋아했고, 함께 음악을 듣고, 춤도 추고, 그림도 그렸다. 가족 여행을 함께 가기도 하면서 추억을 차곡차곡 쌓았다.

시간이 그렇게 차곡차곡 쌓여갔다.
돌이켜보면, 수지가 없었다면 딸도 슬로베니아 삶에 쉽지 적응하지 못했을 것이다.
친구는 엄마, 아빠가 채워줄 수 없는 삶의 마지막 조각을 채워주는 존재니까.

딸과 수지는 서로를 BFF라고 불렀다.
아빠는 그게 처음에 뭔지 몰랐다. 치킨집 이름인 줄 알았다. 아니면, 애니메이션 주인공의 약어인 줄 알았다. 어쩌면 요즘 유행하는 아이돌 그룹의 이름일 수도 있다고 생각했다.

수지는 벨기에로 돌아갔지만
우리는 곧 다시 만나기로 했어요.
영상통화도 하고
문자메시지도 보낼 수 있어 그나마 다행이지만,
너무너무 보고 싶어요!

하지만 그것은 '베스트 프렌드 포에버'라는 뜻이었다.

수지는 벨기에로 돌아갔다. 두 친구가 예전처럼 자주 만날 수는 없지만, 영상통화도 하고, 편지도 주고받으면서 잘 지내고 있다. 아빠는 둘을 보면서 이런 생각을 한다. 그래서 정말 좋은 친구니까 영원히, 영원히 변치 말았으면 좋겠네!

2014. 05

" 딸아, 친구는 공기와 같아서 있을 때는 그 소중함을 모른단다. 아빠는 네가 그런 좋은 친구가 되었으면 좋겠어. 있는 듯 없는 듯 그러나 너무 소중하고 한결같은 친구, 말이야. "

수학 천재의 등장

네 딸이 그렇게 수학을 잘한다며!

아빠는 듣고도 이해할 수 없었다. 아빠에게 그렇게 말한 사람은 연구실을 같이 쓰는, 친구처럼 지내는 포르투갈어 교수였다. 아빠는 도대체 무슨 말이냐고 되물었다.
포르투갈어 교수는 이렇게 설명했다. 딸에 관한 소문을 들었다는 것이었다. 동양에서 온 어떤 여자아이가 있는데, 수학을 천재적으로 잘한다고. 그 교수의 자식들도 딸과 같은 초등학교에 다니고 있었던 것.

아빠는 (그러면 안 되는데) 피식 웃고 말았다. 아빠는 딸의 과거를 알고 있었다. 한국에 살 때는 구구단도 제대로 못 외웠던 딸이고, 초등학교 입학 초에는 수학을 빵점 받았던 아이인데, 갑자기 천재가 어찌 될 수 있겠나? 아빠는 겸손한 척하며 그냥 어쩌다 그렇게 된 것이라고 얼버무리고 말았다.

그리고 집에 와서 딸과 대화를 나누면서 수학 둔재가 수학 천재가 된 사연을 들어보았다. 이유는 간단했다.
첫째로 딸은 같은 반 친구들보다 나이가 많다. 한국에서 3학년 1학기까지 다닌 딸은 슬로베니아로 와서 3학년 2학기가 아닌 다시 1학기로 편입했다.
둘째로 슬로베니아 수학이 한국 수학보다 쉽다. 일단, 선행 학습이 없고, 아무도 수학 학원에 다니지 않는다.
셋째, 수학을 못 해도 학교생활에 큰 지장이 없어 보였다. 즉, 공부를 좀 못한다고(물론, 잘하면 좋겠지만) 학교생활이 꿀꿀해지지 않는다. 그러니 미친 듯이 공부할 필요도 없고.

슬로베니아에도 분명히 입시 열풍이 있다. 하지만 초등학생들까지 괴롭히지는 않는 것 같다. 딸이 (우연히) 수학을 좀 잘하는 (것처럼 보이는) 것이 살짝 이슈가 될지언정 달라지는 것은 아무것도 없다. 딸이 어떤 학원에 다니는지 물어보는 사람도 없고, 집에서 어떻게 공부하는지 궁금해하는 사람도 없다. 그냥 그렇다는 것. 마치 달리기를 잘하는 학생이나, 그림을 잘 그리는 학생, 먹을 것을 많이 먹는 학생, 지각을 자주 하는 학생에 대해 이야기하듯 그냥 남들과 조금 달라서 이야기한 것일뿐.

그리고 아빠는 알고 있었다.
곧 딸의 수학 실력이 슬로베니아 친구들과 비슷해질 것이라는 사실을.

딸은 (수학 천재의 자리를 놓치지 않기 위해) 요즘 집에 오면 매일 매일 수학 문제집 1~2장을 푸는데, (그래 봐야 10문제 정도) 한국의 친구들 수준에는 크게 못 미친다. 얼추 2년 정도는 느린 것 같다.

하지만 아빠는 걱정하지 않는다. 다 크고 나면 인생 전체의 2년은 별것이 아니라는 사실을 알기 때문이다. 먼저 아는 것보다는 제대로 아는 것이 중요하다고 믿기 때문이기도 하다.

2014. 06

“ 딸아, 공부하지 말라고는 말 못하겠다. 하지만, 공부를 미리 할 필요는 없어. 공부를 할 때 중요한 것은 ‘미리’, ‘먼저’가 아닌, ‘제대로’, ‘깊이’이거든. ”

류블랴나 2013. 06 ~ 2016…

같이 뛰는 마라톤

아빠는 요 며칠 시간이 날 때마다 집 앞 공원을 달렸다. 5km 정도를 달리고 들어오면 기분이 좋아진다고 가족들에게 우기기까지 했다. 하루, 이틀, 사흘, 나흘 달리고 좋아하는 아빠를 보고 딸이 물었다.

아빠, 달리기가 좋아?

아빠는 이렇게 대답했다.
뛸 때는 힘든데, 뛰고 나면 좋다고. 너무 원론적인 대답이었다.
딸은 난해하다는 표정을 지으며 방으로 들어갔다.

며칠 뒤, 아빠는 '뛰고 나면 좋아'지기 위해 주섬주섬 운동복을 챙기고 있었다. 그때, 운동복을 입은 딸이 등장해 운동화를 신기 시작했다. 아빠는 놀라 물었다.

태희야! 너 정말 같이 뛰게?

딸은 깡충거리며 고개를 끄덕였다.
딸은 평소와 달리 집에서 나와 엘리베이터 대신 계단으로 뛰어 내려가는 아빠를 따라갔다. 딸은 떨린다고 말했다. 긴장된다고 말했다. 혹시 5km를 함께 못 뛸까봐 걱정이 된다고. 아빠는 딸의 머리를 쓰다듬으며 괜찮다고 했다.

아빠와 딸은 티볼리Tivoli 공원을 가로질러 뛰었다.
딸은 생각보다 잘 뛰었다. 2km 이상을 힘든 기색 없이 쭉 뛰었다. 중간에 멈추지도 않았고, 멈추겠다는 말도 안 했다. 그리고 1km 정도를 걷는 동안, 아빠 옆에서 평소처럼 조잘거렸다. 힘들기는커녕 활력이 넘쳐 보였다. 마지막 남은 2km를 뛰는 동안은 진지한 표정으로 아빠 뒤를 따랐다. 그리고 집 앞에서 성취감에 도취한 표정으로 좋아했다. 그 모습이 아빠 눈에는 예뻐 보였다.

한해 전, 딸은 류블랴나 마라톤 대회에 참가했었다. 국제 마라톤 대회는 이 도시의 큰 행사 중 하나이다. 초등학생들부터 어른까지 마라톤 대회가 임박하면 뛰기 시작한다. 거리에서도 뛰는 사람을 쉽게 볼 수 있고, 공원에서도 무리 지어 뛰는 사람들이 많다.
초등학교에서도 신청자를 받는다. 딸은 누가 시킨 것도 아닌데, 그냥 해보고 싶다며 스스로 참가신청서를 냈다. 긴 거리는 아니었다.

류블랴나는 달리기 좋은 도시예요.
정말 많은 사람이 달려요.
저도 달렸고, 아빠도 달렸고, 엄마도 달릴 거예요.

2km도 채 안 되는 어린이 코스. 하지만 딸은 진지하게 준비했다.

사실, 아빠는 그 모습에 반했던 것이다.
그리고 언젠가는 딸처럼 뛰어보고 싶었던 것이다. 아니, 딸과 함께 뛰어보고 싶었던 것이다. 나이가 들어도 딸에게 뒤처지지 않는 그런 아빠가 되고 싶었던 것이다. 함께 뛸 수 있는 동반자가 되고 싶었던 것이다.

그것이 마라톤이면 좋고,
그것이 인생이라면 더 좋고.

2014. 08

" 딸아, 달리는 순간, 우리는 함께 깨달았지. 왜 사람들이 인생을 마라톤에 비유하는지. "

류블랴나 2013. 06 ~ 2016…

비 오는 날

날씨가 끄물끄물한 아침, 아빠가 딸에게 물었다.

태희야, 일기예보를 보니 오후에 비가 올지도 모른다고 하던데,
아빠가 데리러 갈까? 오늘 아빠 강의도 없는데.

딸은 아니라고 했다. 아빠가 그 이유를 묻자, 이렇게 대답을 했다.

아빠, 괜찮아! 혼자 집까지 와서 초인종으로 누르고 아빠가 문을
열어주면, "아빠, 학교 다녀왔습니다!"라고 외쳐보고 싶어! 나, 그거
엄청나게 해보고 싶었거든.

그러고 보니, 아빠는 딸의 "다녀왔습니다"를 들어본 기억이 없었다.
학교 앞에서 만나거나, 딸의 귀가시간에는 일터에 있었다.
아빠는 딸의 말에 동의했다.

그날 오후, 예보처럼 비가 왔다. 장대비가 내렸다.
아빠는 딴 일에 빠져 비가 그토록 오는 줄도 모르고 있었다. 초인종이
울렸고, 아빠는 허겁지겁 현관문을 열었다. 비에 흠뻑 젖은 딸이
웃으며 문 앞에 서 있었다.
그날따라 유난히 더 커 보였던 딸의 책가방 그리고 흠뻑 젖은 딸의
모습을 보니 아빠는 미안했다. 딸은 결국 "다녀왔습니다." 대신,
"아빠, 비가 너무 많이 와!"를 외치고 말았다. 아빠는 미안했다.

딸을 안아줬지만, 그 미안함이 사라지진 않았다.

딸이 샤워하고 자기 방에 들어가 책을 읽고 있는 모습을 본 아빠는 마음이 조금 놓였다. 하지만 그 미안함이 완전히 가시지는 않았다.

2014. 09

“딸아, 작은 일에도 미안함이 느껴진다면, 네가 바로 그 사람을 사랑하고 있는 것일지도 몰라. 미안함은 나쁜 감정이 아니란다.”

비 오는 날에도, 비가 오지 않는 날에도 '깔맞춤'은 필수입니다.
날씨에 상관없이 늘 예쁘게 입을 줄 알아야 진짜 패션을 아는 것이죠.

슬로베니아식
생일 축하

매년 10월 1일은 국군의 날이자 딸의 생일.
그 해는 생일이 지난, 2014년 10월 17일에 딸의 생일 파티가 있었다.

류블랴나에서 제일 큰 공원인 티볼리 공원, 그 공원 안에 있는 어린이들을 위한 룸피 파크Lumpi Park라는 작은 테마파크. 딸은 몇 달 전부터 거기서 생일 파티를 하고 싶다고 했다.
딸은 슬로베니아 친구들을 많이 많이 초대하고 싶다고 했고, 아빠는 친구들을 마음껏 부르라고 했다.
서울에서도, 모스크바에서도 그런 적은 없었다. 딸의 생일 파티는 늘 조촐했다. 딸은 조촐한 것을 좋아했다. 하지만 이번에는 달랐다.
'마음껏'이라는 말에 딸은 정말 많은 친구들을 불렀다, 불러버렸다.
이유는 단순명쾌했다. 1년도 채 되지 않는 기간 동안 생일 파티를 한 급우들에게 모두 초대를 받았다. 이제 보답(?)할 때라고 했다.
슬로베니아 (초등)학생들은 다양한 장소를 빌려 생일 파티를 한다.

볼링장에서 볼링을 치기도 하고, 워터파크에서 물놀이를 하기도 하고, 과학관을 빌려 실험을 하기도 하고, 체육관을 빌려 운동 경기를 하기도 한다. 생일 파티 시간은 대략 2시간 정도이고, 함께 실컷 논 뒤에 생일 케이크와 함께 축하 노래를 부른다. 생일 축하 노래를 부를 즈음에는 학부형들도 함께 자리하곤 한다.

딸의 생일 파티 날, 스무 명이 넘는 외국인 친구들이 모였다.
딸의 반 모든 친구와 옆 반 친구들까지. 슬로베니아, 세르비아,
에티오피아 친구까지. 아빠는 살짝 놀랐다. 친구들이 많이 와서
놀랐고, 그 친구들과 잘 어울려 노는 딸의 모습에 또 놀랐다. 2시간이
넘게 딸과 친구들은 뛰어다녔고, 깔깔거렸다. 행복해 보였다.
그래서 아빠도 행복했다.

한참을 뛰논 뒤, 생일 케이크를 먹기 위해 딸과 친구들이 한자리에 모였다.
딸은 주인공인 까닭에 케이크 앞에 섰다. 촛불 앞에서 딸은 쑥스러운 표정을 지으며 친구들을 바라봤다. 딸이 그런 자리를 어색해한다는 사실을 아빠는 잘 알고 있었다. 친구들은 노래를 시작했다. 익숙한 멜로디의 바로 그 노래. 전 세계가 공유하는 생일 축하곡.
슬로베니아어 생일 축하곡이 공원에 울려 퍼졌다. 딸을 위한 노래.
딸도 따라 부르고 있었다. 아빠는 흐뭇하게 그 흔한 '아빠 미소'를 짓고 있었다. 아이들은 목청이 컸다. 1절이 끝나자, 친구들이 2절을

부르기 시작했다. 이번에는 영어버전이었다. 딸을 위한 배려인 것 같았다. 아빠의 기분이 더 좋아졌다. 아빠도 흥얼흥얼 따라 불렀다. 2절이 끝날 무렵, 딸이 촛불을 끄려고 했다. 그런데, 노래가 이어졌다.

3절. 다시 익숙한 멜로디. 그리고 이번에는 익숙한 가사까지.
딸의 친구들은 믿을 수 없을 정도로 정확한 발음으로 생일 축하곡을 부르고 있었다. 그것도 한국어로 말이다!

생일 축하합니다. 생일 축하합니다. 사랑하는 강.태.희.

노래가 이어졌다. 한국어로 된 생일 축하곡이 류블랴나의 한 공원에서 울려 퍼지고 있었다. 아빠는 울컥했다. 그리고 이내 눈물을 흘렸다. 아니 그냥 눈물이 흘러내렸다. 빰을 타고 눈물이 주르륵 흘러내렸다. 막을 틈도 없었지만, 막고 싶지도 않았다.
그렇게 딸과 친구들은 아빠에게 잊을 수 없는 '생일'을 선물했다.
아빠와 친구처럼 지내는 학부형 한 명이 다가와 어깨를 도닥였다.

나중에 딸이 고백했다. 학교에서 선생님과 함께 한국 노래를 배운 적이 있다고. 딸이 직접 친구들에게 한국어로 생일 축하 노래를 가르쳤다고.
하지만 친구들이 그걸 기억하고 있을 줄은 정말 몰랐다고.
딸에게도 큰 감동이었다고.

2014.10

" 딸아, 태어나줘서 고마워. 예쁘게 크고 있어서 고마워.
그리고 낳아주셔서 고맙다고 말해줘서 고마워! "

류블랴나 2013. 06 ~ 2016…

에곤 실레는 괜찮아요

딸은 미술관을 싫어했다. 그냥 싫어하는 정도가 아니라 치를 떨었다. 아빠는 그 점이 이해가 되지 않았다. 아빠는 그림 보기를 좋아하는 사람이니까 '당연히' 딸도 그림 보기를 좋아할 것이라고 믿었다. 아마도 당연히 '그래야 한다'고 믿었던 것 같다.

딸이 다섯 살 때였다. 아빠는 딸의 손을 잡고, 모스크바에서 가장 큰 트레차코프 미술관Tretyakov Gallery에 간 적이 있다. 온종일 그 큰 미술관을 끌고 다녔다. 신관을 다 보고, 구관도 데리고 갔다. 당연히 그 당시, 딸에게 러시아 미술은 이해 불가한 '저'쪽 세계였다. 딸은 겨우 다섯 살이었다. 그럼에도 아빠는 딸이 미술의 매력에 빠져들고 있다고 착각했다.
여섯 살 때는 세계 3대 박물관 중 하나인, 러시아 상트페테르부르크의 에르미타주 미술관Hermitage Museum에 함께 갔다.
'무려' 2시간을 기다려, '딸랑' 2시간을 관람했다. 딸은 늘 그랬듯

별 불평 없이 졸졸 따라다녔다. 덕분에 아빠의 착각은 견고해졌다.

내 딸은 완벽하게 미술을 사랑하고 있어!

아빠는 완벽한 사랑이 불가능하다는 사실을 몰랐다. 그리고 강요는 사랑의 가장 큰 적이라는 사실도 몰랐다.
어마어마하게 거대한 미술관을 관람한 뒤, 아이스크림을 먹으며 환하게 웃던 딸의 모습을 아빠는 잊지 못하고 있다. 그리고 그것이 딸이 미술을 사랑하는 증거라고 우겼다.

해맑은 미소! (물론, 그 미소는 아이스크림 덕분이었고.)
열두 살이 된 딸이 한 도시로의 여행을 앞둔 어느 날, 아빠에게 이렇게 말했다.

아빠, 미술관은 안 가면 안 돼요?

아빠는 놀랐다. 놀라지 않을 수 없었다. 딸은 아빠의 반응에는 아랑곳하지 않고 거침없이 반복했다. 미술관이 싫다고! 그리고 분명 딸은 이런 단어를 썼다.

트라우마!
딸은 '트라우마'가 있다고 했다. 갤러리 트라우마!

류블랴나 2013. 06 ~ 2016…

아빠가 너무 좋아했던 마을, 체스키 크룸로프Český Krumlov

정말 예쁜 그림 몇 개 빼고는 이해가 잘 안 돼요. 다리도 너무 아프고요.
재미있는 물건들이 많은 박물관은 좋은데, 미술관은 별로예요.
박물관에 가면 거기 있는 물건들을 보면서 재미있는 상상을 할 수
있는데, 미술관은 이해가 안 되는 그림들도 너무 많아요. 너무 힘들어요.

그렇게 말하고는 딸은 살짝 미안한 표정을 지었다. 아빠는 많이
미안해졌다.

열두 살이 된 딸과 떠난 체코 여행.
여행의 동선과 계획은 딸이 맡아 짜기로 했다. 딸의 충격 발언도
있고 해서, 아빠는 이번 여행에서는 미술관에 갈 일은 없겠거니 했다.
예상대로 프라하에서 미술관은 일정에 잡혀있지 않았다.
아빠는 아무 말도 하지 않았다. 아니 못했다.

체스키 크룸로프Český Krumlov에 갔을 때, 혹시나 에곤 실레 아트센터
Egon Schiele Art Centrum 에 갈 수 있지 않을까 하는 희망으로 아빠가 아주
조심스럽게 딸에게 물었다. 혹시, 잠시라도 에곤 실레 아트센터에 갈
생각은 없냐고.
체스키 크룸로프는 마을 자체가 예술이지만, 에곤 실레 어머니의
고향으로도 유명한 곳이다. 에곤은 젊은 시절 그곳에 머물면서 작품
활동을 했고, 아름다운 보헤미안 마을의 풍경도 많이 그렸다. 아빠는
꼭 아트센터에 가고 싶었다.

아빠의 부탁에 딸은 못 이기는 척하면서 알았다고 했다. 표정은 영 좋지 않았지만. 그때 다시 한 번 느껴진 딸의 '갤러리 트라우마'에 아빠는 고개를 들지 못했다.
아트센터에 들어가기 전, 아빠는 딸에게 점수를 따기 위해 아트센터 옆 레스토랑에서 맛있는 음식을 마구 주문했다. 그 덕분인지 딸의 기분이 살짝 좋아진 것도 같았다.
아빠는 딸의 손을 잡고 의기양양하게 아트센터로 들어갔다.
불행히도(?) 센터는 생각보다 컸다. 아빠 머릿속에는 '트라우마'라는 단어가 다시 맴돌기 시작했다. 갤러리트라우마갤러리트라우마.

하지만, 에곤은 뭔가 달랐나 보다.
어쩌면 딸이 변한 것일지도 모르고. 아빠의 눈에는 딸이 에곤을 통해 트라우마를 극복하고 있는 것 같았다. 딸은 그림들을 보면서 이야기하기 시작했다. 졸졸졸 따라다니지 않고, 앞서가기 시작했다.

이 화가의 그림은 아빠가 좋아하는 클림트Klimt의 그림과 비슷한 것 같아요.
빈Wien에서 이 사람의 그림을 본 적이 있는 것 같아요.
실제 사진보다 화가가 그린 마을이 더 예쁘네요.

딸은 능동적으로 움직이고 있었다. 발걸음도, 입술도.
그것은 분명히 긍정의 신호였다. 아빠는 딸 옆으로 다가가 조심스럽게 몇 마디를 흘렸다.
에곤과 구스타프 클림트의 이야기.
에곤이 체스키 크룸로프에서 환영받지 못한 사연.
그리고 불같이 짧았던 에곤의 삶.

관람을 마치고, 딸은 에곤의 그림엽서를 하나 샀다. 그리고 엽서 뒷면에 '에곤 실레 아트센터'의 스탬프를 찍고 꽤 행복해했다.
환하게 웃으며, 에곤의 그림들이 좋다고 했다. 다 좋은 것은 아니지만, 좋은 그림들이 분명(!) 있다고 했다. 자신의 마음에 드는 그림이 있다고 했다. 심지어 집에 걸어놓고 싶은 그림도 있다고 했다.

아빠는 딸이 에곤의 그림을 보며 무슨 생각을 했을지 너무너무 너무 궁금했다.
관능, 욕망, 실존, 고통, 투쟁, 의심, 불안, 육체, 왜곡.
물론, 딸의 표정 속에는 그 어떤 어둠도 보이지 않았다. 딸은 환하게 웃으며 나중에 에곤의 그림을 더 보고 싶다고 했다. 그리고 함께 빈에 있는 레오폴드 미술관Leopold Museum에 가기로 했다.

며칠 뒤, 아빠는 딸에게 수많은 에곤의 그림 중에 〈무릎에 기대어 있는 여인Seated Woman with Bent Knee〉이 그려진 엽서를 고른 이유가 뭐냐고 물었다. 딸은 이렇게 대답했다.

이 그림이 가장 '안' 야하잖아. 에곤의 다른 그림들은 너무 야하다고!

딸은 아직 야한 것을 좋아할 나이는 아닌가 보다.
그래도 딸이 조금씩 갤러리 트라우마를 극복하고 있는 것 같아
다행이다. 빈의 레오폴드에 딸의 손을 잡고 다닐 것을 생각하면,
바로 행복해진다.

2015. 05

" 딸아, 너와 아빠는 많이 닮았지만, 완전히 똑같진 않더라.
하지만 아빠는 그런 다른 점도 좋아. 다른 점도 이해하는 것이
사랑이고, 사랑하면 다른 점도 이해가 되거든. "

류블랴나 2013. 06 ~ 2016…

그림에 소질

딸은 그림 그리기를 좋아한다.
하지만 아빠는 딸에게 단 한 번도 미술적 재능이 있다고 느낀 적이 없었고, 그렇다고 말한 적도 없었다. 고작, '잘했네.', '나쁘지 않네.', '수고했네.'가 전부였다. 특히, 한국에 있을 때는 이른바 미술신동들을 너무 많이 봤기 때문에 딸은 오히려 그림을 못 그리는 축에 든다는 생각을 하곤 했다. 그래서 그림을 못 그려도 그리기를 즐기고, 보기를 사랑하는 사람이 되었으면 했다.

한 학기가 끝나고, 딸이 그동안 학교 미술 시간에 그리고 만들었던 작품들을 가지고 왔다. 딸은 한 학기 동안 그린 그림들을 자신의 방에 전시했다. 그야말로 전시였다. 벽에 가지런히 붙인 후, 하나하나 제목을 달았다. 아빠는 딸이 없는 동안 딸의 방에 들어가 전시회 작품들을 하나하나 감상했다. 그림들을 꼼꼼하게 다시 봤는데, 그 어디에도 미술적 재능이 보이지는 않았다. 하지만, 그 안에는 노력이 보였다.

전쟁보다는 평화로움이 느껴지는〈검고 하얀 전쟁〉,
아빠의 눈에는 '꽃판'으로 보이는〈꽃밭인지 들판인지〉,
딸이 좋아하는 것을 그려놓은 것 같은〈여섯 가지 상징〉
그리고 아빠의 마음을 흔든〈무지개 우정〉.

아빠는 모든 그림이 마음에 들었지만, 특히〈무지개 우정〉이 좋았다.
우정을 그림에 담으려 했던 딸의 마음이 예뻤고, 그림 속 친구들이
'우정의 무지개'를 향해 함께 걷고 있는 것이 마음에 들었다. 서로
마주 보지 않고, 한 방향을 보고 있는 것도 좋았다. 몽실몽실 구름,
한들한들 꽃들, 따뜻따뜻 해님도 예뻤다.
작품은 아주 작은 동그라미들도 그려진 것이었다. 작은
동그라미들이 모여 길이 되었고, 나무가 되었고, 강아지가 되었고,
그네가 되었고, 개천이 되었다. 딸이 책상에 앉아 친구들을 생각하며
작은 동그라미를 그리고, 또 그려 작품을 완성했다는 생각에 이르자,
아빠는 기분이 더 좋아졌다.

아빠는 그제야 깨달았다. 그림은 재능으로 그리는 것이 아니라는
사실을. 그림은 마음으로, 정성으로, 노력으로 그리는 것이 아니라는
사실을. 그것도 몰랐으면서 예술가라고 떠들고 다녔던 지난 시절이
조금 창피했다. 그리고 그 순간, 딸이 그림 그리기를 즐기고, 그림
보기를 좋아하는 사람이 될 것이라는 확신이 들었다.

2015. 06

류블랴나 2013. 06 ~ 2016…

한국에 있을 때는 그림을 잘 그린다는 말을 들을 적이 없는데
여기선 그림을 잘 그린다는 칭찬도 들었어요.
물론, 아직 실력이 부족한 것은 알지만
기분은 최고였어요.

" 딸아, 너의 그림을 자세히 보면 네가 보인단다. 그래서 아빠는 네 그림을 보는 것이 참 좋아. "

성적표의 의미

4학년이 끝나고 딸이 자랑스럽게 성적표를 내밀었다.
모든 과목에 만점을 받은 성적이었다. 하지만 아빠는 건성으로 축하했다.

오! 잘했네!

아빠의 건성을 눈치채지 못한 딸은 기쁨이 그득 담긴 표정으로 상장들도 펼쳐놓았다. 한두 장이 아니었기 때문에, 역시 아빠는 건성으로 보는 척을 했다.

오! 많이 받았네!

딸은 흐뭇한 미소를 짓고, 자기 방으로 들어갔다.

아빠는 성적표와 상장들을 다시 천천히 봤다.
유학 시절이 떠올랐다. 사실, 아빠는 알고 있었다. 외국어로 공부하는 것이, 외국어로 소통하는 것이, 외국어로 사는 것이 얼마나 힘든 일이라는 사실을. 그 사실을 알면서도 딸에게 진짜 칭찬을 해주지 못한 것이 미안했다.

딸의 성적은 단순한 공부의 결과물이 아니었다. 행복의 증거였고, 노력의 대가였다.
중요한 것은 성적표의 숫자가 아니었는데. 딸의 자랑스러운 얼굴, 기쁨이 담긴 말이었는데, 아빠는 그것을 알아봐 주지 못했다.
한참이 지난 뒤, 아빠는 딸을 위해 작은 축하의 자리를 마련했다.
하지만, 딸은 그 자리가 자신을 위한 자리인지도 몰랐고 아빠도 물론 아무 말 하지 않았다.

슬로베니아의 학교는 초등학교부터 대학교까지 절대평가를 한다.
선생이 봤을 때, 해당 학생이 우수하다면, '우수'라고 평가한다.
줄 세우기는 존재하지 않는다. 그래서 친구가 좋은 점수를 맞아도 시기하지 않는다. 저 친구는 저 친구 나름의 이유로 받은 성적이라고 생각한다.
만약, 슬로베니아에도 '상대평가'가 있었다면 딸도 아빠도 힘들었을 것이다. 슬로베니아어를 남들보다 못하는 딸은 늘 꼴찌를 도맡아 했을 것이며 학생들을 평가해야 하는 아빠는 늘 고통스러워했을 것이다.

아빠도 딸도 평가라는 것은 자신의 발전을 위한 점검이라고 믿고 있다.

슬로베니아의 '절대평가' 교육,
그래서 참 감사하다.

2015. 06

" 딸아, 칭찬에 인색한 사람이 되지 마라. 사랑하는 사람의 장점을 볼 수 없는 사람은 절대 사랑하는 사람의 단점을 감싸줄 수 없단다. "

스쿠터를 타고
느끼는 바람

작은 도시, 류블랴나는 지하철이나 트램 같은 대중교통은 없지만
대신 자전거의 천국이다. 시티바이크 시스템이 잘 되어 있고 도심에는
자전거를 타고 다니기 좋은 도로들이 있다. 딸은 아빠의 차 혹은
자전거를 얻어 타고 등교를 하다가, 어느 날부터인가 킥 스쿠터를 타고
혼자 학교에 가기 시작했다.
딸은 분명히 자기가 좋아서 하는 것이라고 했지만, 킥 스쿠터를 타고
가도 충분한 거리였지만, 아빠는 미안했다. 딸이 혼자 등교하는 것을
보는 것은 아무래도 어색한 일이었다. 하지만 이상하게도
킥 스쿠터를 타고 다니면서 딸의 표정이 더 밝아진 것 같았다.
그래서 아빠가 물었다.

태희야! 씽씽카 킥 스쿠터 를 타고 학교 다니는 거 괜찮니?

딸은 아주 밝은 표정으로 괜찮다고 했다. 좋다고 했다.

아빠는 딸의 '아주 밝은 표정'이 영 의심스러웠다. 그래서 좀 더 구체적으로 괜찮은 이유를, 좋은 이유를 말해달라고 했다. 그러자 딸은 이렇게 말했다.

아빠, 바람이 좋아. 달릴 때, 얼굴에 느껴지는 바람의 느낌이 좋아. 스쿠터를 타고 달릴 때, 시원한 바람이 느껴지거든 그 느낌이 너무 좋아! 그때 기분이 너무 좋아! 그건 직접 느껴보지 않고는 알 수 없는 거야.

딸은 아빠는 절대 알 수 없는 '직접 느껴보지 않고는 알 수 없는 바람'을 알고 있었던 것이다. 그 후로 아빠는 더 이상 딸의 스쿠터 등교에 대해 언급하지 않았다. 그리고 스쿠터를 샀다. 딸은 자신보다 더 좋은 스쿠터를 산 아빠에게 가끔 투덜거렸지만, 그래도 대부분 함께 그 바람을 느끼며 행복해하고 있다. 그리고 아빠는 차 대신 킥 스쿠터를 몰고, 딸과 함께 학교까지 가기도 한다.

이제, 아빠도 그 바람을 이해한다.
그리고 딸보다 더 자주 그 바람을 느끼고 있다. 딸을 생각하면서.

2015. 06

" 딸아, 잊지 말자. 함께 달릴 때, 느꼈던 그 바람. 그 바람이 느껴질 때마다 생각하자. 서로를. "

바퀴 달린 것에 집착하는 아빠 덕에
저 역시 자전거, 보드, 킥 스쿠터가 다 있어요.
그중에 보드가 가장 멋진데, 가장 어려워요.

류블랴나 2013. 06 ~ 2016…

수영의 중요성

아빠는 딸의 말을 듣고도 이해할 수 없었다.

학교에서 일주일 동안 수영장에 간다고? 수업을 안 하고? 하루 정도 놀러 가는 거 아니고? 태희, 네가 잘못 알아들은 거 아니야?

아빠는 딸의 슬로베니아어 실력을 의심하고 있었다.
딸은 3학년 때였고, 슬로베니아 학교에 다닌 지 1년도 되지 않는 시점이었다.
하지만 딸이 옳았다. 딸은 매일 수영장에 갔다. 일주일간 빠지지 않고 수영장을 갔다. 슬로베니아 교육과정의 일부였다. 물놀이가 아닌, 수영 교육의 일환이었다.
수영을 전혀 못 했던 딸은 처음에 힘들다고 투덜거리더니 점점 나아지는 것 같았다. 아빠는 그 과정을 보지 못했지만, 딸의 수다로 알 수 있었다.

아빠, 학교에서 왜 수영장에 가는지 모르겠어!
아빠, 이제 나 물에 뜰 수 있어!
아빠, 나도 수영할 수 있어!
아빠, 마지막 날 수영하는 거 보러 와!
아빠, 아빠도 와서 같이 봤으면 좋았을 텐데!
아빠, 다음에 같이 수영장에 가자!
아빠, 내가 수영 가르쳐줄게!

그렇게 엄마와 아빠는 딸의 수영 수업 마지막 날 초청을 받았다. 슬로베니아에서는 자주 있는 일이었다. 특별한 교육 과정이 끝나면, 학부형들을 초대해 담당 강사가 그간 학생들이 노력했던 과정을 설명하고 학생들이 성취를 보여줬다. 보통 작은 발표회 형식이었다. 춤을 배웠을 때도, 악기를 배웠을 때도, 심지어 노래를 배웠을 때도 그랬다. 하지만 그 안에 경쟁의 흔적은 없었다. 친구들을 이겨 1등을 하려고 하지 않지 않았다. 함께 즐기고, 자신이 스스로 이룬 것을 부모에게 보여주려고 했다. 그리고 무엇보다 놀라운 것은 그 '작은' 발표회가 (한)낮에 있어도 학부형들이 거의 빠지지 않는다는 것이다. 이들에게는 순위보다는 성취가, 직장 상사보다는 자식들이 중요한 것 같았다. 딸의 마지막 수영 수업에 아빠는 갈 수 없었다. 마치 한국의 전형적인 아빠처럼. 대신 엄마가 딸의 '첫' 수영을 휴대전화에 담아왔다. 아빠는 딸의 수영을 보면서 흐뭇했다. 그리고 여러모로 미안했다.

아빠는 나중에 알게 되었다. 슬로베니아에는 수영을 못하는 사람이
거의 없다는 사실을.
초등학교 정규 교육 과정에 수영이 포함되어 있음은 물론이다.
수영을 못하는 것은 슬로베니아에서는 이상한 일이라는 사실을.
해안이 손톱만큼 있는 나라에서 말이다.
그 얘기를 듣고, 아빠는 묘한 슬픔에 빠졌다. 이런저런 생각들이 머리
안으로 밀려들었다.
바다로 둘러싸인 우리나라 그리고 바다와는 손톱만큼만 맞닿아 있는
슬로베니아.
그리고 우리나라 서해에 빠져 목숨을 잃은 친구들 그리고 수영을
하러 아드리아 해로 수학여행을 가는 슬로베니아 친구들.
마음속에서 뭔가 아름답고도 슬픈 풍경이 펼쳐졌다.

2015년 여름, 딸은 수영 캠프에 참가했다.
그리고 수업 마지막 날, 아빠는 2주 동안 열심히 배운 딸의 수영 실력을
감상했다.
딸은 아름답게 물결을 가르며 전진했다. 물 위에 떠 있는 그 모습이
너무 다행스러웠다. 자랑스럽기도 했다. 하지만 수영을 마치고 환히
웃으며 물 밖으로 나오는 딸의 모습을 보자, 아빠는 문뜩 슬퍼졌다.
딸은 환하게 웃으며 사진을 찍어달라고 했지만, 아빠는 슬펐다.
다행히 티는 내지 않았지만, 명치끝이 따끔거리는 것이 느껴졌다.

슬로베니아에서 수영을 배운 덕에 이제 꽤 잘해요.
수영의 재미도 알 것 같고요.
아빠는 제가 수영하는 것이 그렇게 신기하대요.

아빠는 알고 있었다.

물에서 나와 환하게 웃는 자식의 모습이 얼마나 소중한지를.

그 소중한 모습을 보지 못한다는 것이 얼마나 가슴 찢어지게 슬픈 일인지를.

2015. 07

" 딸아, 늘 일상에 감사하며 살자. '일상'은 사라진 후에야 그 소중함을 알 수 있거든. 일상은 공기 같은 것이니까. "

미니언이니까
괜찮아

2015년 여름, 정확히는 그해 7월,
아빠와 딸은 미니언즈Minions에 빠져있었다.
누가 누구에게 영향을 준 것도 아니고, 서로 어떤 '작당'을 한 것도 아니었다. 애니메이션 〈미니언즈〉가 개봉을 앞두자, 두 사람은 약속이나 한 것처럼 '미니언미니언' 거리기 시작했다. 주스 안에 들어있던 사은품 미니언즈 안경을 쓰고 다녔고, 그렇게 맛있다고는 할 수 없는 시리얼을 미니언즈가 표지 모델(?)이라는 이유로 사 먹었고, 미니언즈의 슬로베니아 개봉 날만 손꼽아 기다리고 있었다.

물론, 두 사람은 미니언즈 장난감도 사 모으고 싶었지만 당시까지 슬로베니아에는 미니언즈 열풍이 거세게 불어 닥치지 않았던 까닭에 장난감을 구입하긴 어려웠다. 그것이 다행인지, 혹은 불행인지 모르겠지만.

그 무렵, 가족은 크로아티아 자그레브에 가게 되었고, 아빠와 딸은 자그레브의 대형쇼핑몰에서 문제의 '미니언즈'와 조우했다. 사실, 두 사람은 알고 있었다. 류블랴나에 없는 것들이 자그레브에는 늘 있다는 걸. 자그레브는 (서울에 비할 바는 아니지만) 대도시이고, 쇼핑 천국이고, 자본화된 도시였다. 적어도 둘에게는.
두 사람은 미니언즈 주변을 빙빙 돌며 다시 '미니언미니언' 거리기 시작했다. 엄마는 두 사람을 타박하면서도 귀엽다는 눈빛으로 보며, '과하지' 않게만 사라고 했다. 하지만, 엄마는 이런 아이템에 빠진 사람들에게 '과함'이 존재하지 않는다는 사실을 몰랐던 것 같다.

딸은 미니언즈 휴대전화 고리를 샀고, 미니언즈 인형도 샀고, 맥도날드에 가서 해피밀은 먹지 않은 채 미니언즈 장난감만 구입했다. 딸의 표정은 점점 더 환해졌고, 아빠의 표정도 덩달아 환해졌지만, 엄마의 표정은 살짝 어두워졌다. 엄마의 눈빛에서 '귀엽다'는 이미 서서히 사라지고 있었다.

그렇게 자그레브에서 가장 큰 쇼핑몰을 (싸)돌아다니면서 미니언즈 사냥을 하던 아빠와 딸은 미니언즈 휴대전화 케이스를 발견했다. 미니언즈 휴대전화 케이스는 진열장에 홀로 남아, 슬로베니아에서 온 한국인 부녀를 기다리고 있는 것만 같았다.

딸이 케이스를 멀리서 보고 물었다.

사실,
아빠가 저보다 미니언즈를 더 좋아해요. 훨씬!

아빠, 저거 아이폰용 케이스일까?

아빠는 대답했다.

아무래도 그런 것 같은데.

딸은 다시 말했다.

저건 아이폰6 용이겠지? (가난한 아빠는 아이폰5, 더 가난한 딸은 아이폰4를 쓰고 있었다.)

그 말투 속에는 그냥 아이폰6 용이라면 체념하고 말겠다는 의미가 담겨있었다. 어차피 우리 것은 될 수 없으니까.
아빠는 확인해보자는 말과 함께, 바로 확인에 들어갔다. 포장지에 확실히 '아이폰5'라고 인쇄되어 있었다. 두 사람의 눈이 마주쳤다.
아빠가 말했다.

살까?

그것은 진심으로 사고 싶다는 뜻이었다. 딸은 조금 고민하더니, 사라고 했다. 딸의 대답을 듣고, 아빠는 고민했다. 휴대전화 케이스를 들었다 놨다만 반복했다. 고심 끝에 아빠는 사기로 결정했다. 그리고 휴대전화를 케이스에 끼워봤다. 그리고 아빠는 이렇게 말했다.

영, 별로다! 사지 말자!

딸은 의아한 표정을 지었다. 아빠의 그런 부정적 반응을 이해할 수 없었다. 별로라니! 미니언인데!
아빠는 자신에게 어울리지도 않고, 실용적이지도 않아서 사기 싫다고 했다. 하지만 이런 종류의 물건들이 실용적일 리가 없고, 아빠는 늘 자신에게 어울리는 것보다는 자신이 원하는 것을 선택하는 사람이라는 사실 정도는 엄마는 물론이고, 딸도 잘 알고 있었다.
하지만 아빠는 사지 않았다. 딸도, 심지어 엄마도 그 이유를 물었지만, 아빠는 대답하지 않았다. 결국, 그렇게 아빠는 미니언즈 휴대전화 케이스를 '득' 하지 않고, '유행'과는 거리가 '좀' 있는, 미니언즈가 많지 않은 슬로베니아로 돌아왔다.

슬로베니아에 돌아와서 아빠가 딸에게 물었다.

태희야, 그때 아빠가 그 케이스 샀으면 네가 좀 그렇지 않았겠냐? 네가 가졌으면 하는 걸 내가 가져버리면 마음이 별로 아니냐?

그러자, 딸은 대수롭지 않다는 말투로.

아니! 미니언이니까 괜찮고, 아빠니까 괜찮아. 내가 갖고 싶은 걸 아빠가 '대신' 가질 수 있다면 좋은 거 아니야?

아빠는 아쉬웠다. 평소처럼 '이기적'으로 살걸! 예쁘긴 예뻤는데!

2015. 07

" 딸아, 네가 갖고 싶은 것을 아빠에게 줄 수 있다니 정말 감동이다.
내가 갖고 싶은 것을, 그 사람이 '대신' 가져도 괜찮다면,
그 두 사람은 꽤 멋진 사이라는 뜻이거든. "

여행의 의미

슬로베니아에서 살기 시작한 후로 아빠와 엄마 그리고 딸은 여러
나라를 돌아다녔다.
유럽은 마치 하나의 큰 나라와 같아서 (작은) 차 한 대만 있으면,
국내 여행하듯 어디든 쉽게 갈 수 있다.
아빠는 그것이 유럽이 가족에게 준 가장 큰 선물이라고 생각했다.
슬로베니아에서 출발해 서쪽에 있는 이탈리아, 북쪽의 오스트리아와
슬로바키아 그리고 체코 동쪽에 있는 크로아티아 그리고
헝가리까지.

가족들은 보고 또 봤다.
하지만 아빠와 엄마는 그냥 보는 것을 원치 않았다.
딸이 하나를 보면, 적어도 하나는 배우길 원했다. 그래서 딸에게
설명했다. 이것은 뭐고, 저것은 뭐며, 요것은 이래서 봐야 한다고.
자신들도 잘 모르면서 책에서 본 것을, 웹에서 찾은 것을 아는 양

떠들었다. 그것이야말로 살아있는 교육이라고 믿으면서.

하지만, 헝가리 여행에서 아빠의 마음은 바뀌었다.
부다페스트까지 달려가는 동안, 헝가리 역사에 대해서 떠드는
것이야말로 진짜 가족 여행의 의미를 퇴색시키는 것일지도 모른다는
생각을 했다. 자신이 좋아하는 헝가리 출신의 철학자에 대해
장광설을 늘어놓는 것이야말로 딸이 부다페스트를 질색하게 하는
첩경일지도 모른다는 생각을 했다.

그래서 그냥 놀아보기로 했다. 아무 생각 없이 말이다.
그냥 즐겨보기로 했다. 아름다운 다뉴브 강 위에서 의회 건물을 보며
함께 감탄사를 내뱉었고, 어부의 요새 앞에서 함께 셀카를 찍으며
깔깔거렸고, 세체니 다리를 건너며 함께 차가 막힌다고 투덜거렸고,
겔레르트 온천에서 함께 수영을 했다.
그것으로 족했다. 그것으로 충분히 행복했다.

마자르족의 역사를 가르치기 위해 간 여행은 아니었으니까.
김춘수의 시나 루카치의 『소설의 이론』에 대해 떠들기 위해 간
여행은 더더욱 아니었으니까. 아빠와 엄마는 그저 딸이 행복했으면
하는 바람으로 떠난 여행이었으니까.
아니, 함께 행복했으면 하는 그 마음 하나로 간 여행이었으니까.

아빠는 딸의 삶도 그랬으면 한다.

과한 의미를 부여하는 것보다는 매 순간 행복하길 바란다.

정말 즐거운 여행처럼.

지식이 아닌, 추억이 남는 그런 삶.

2015. 08

" 딸아, 지식은 언제든 책에서 건질 수 있잖아.

그런데 추억은 절대 그럴 수 없단다. 여행은 그냥 즐기자.

그것으로 충분히 가치가 있을 거야. "

크로아티아 모토분Motovun에 갔었는데,
정말 하늘길을 걷는 것 같았어요.

크로아티아 풀라Pula에 보낸 여름은 정말 더웠어요.
하지만 밝고 아름다운 하늘을 잊을 수 없어요.

interview

태희에게
묻겠습니다

슬로베니아 학교생활 편

간식을 두 번 먹어요!

슬로베니아 초등학교의 일주일은 어떤가요?
하루에 몇 시간이나 공부하나요?

우리 5학년의 경우는 월요일, 화요일, 수요일은 6시간 수업을 하고, 목요일과 금요일에는 수업이 5시간 있어요.

슬로베니아 초등학교의 하루에 대해 짧게 설명해 주세요.

저는 보통 7시 10분에 일어나서 7시 40분에 집 근처 안경원 앞에서 친구 리사Lisa를 만나요. 학교까지 버스로 한 정거장 정도인데, 걸어갈 때도 있고, 버스를 타고 갈 때도 있어요. 학생들은 한 달에 21유로를 내면 무제한으로 버스를 탈 수 있거든요. 하지만 멀지 않아서 걸어갈 때도 많아요. 학교에 도착해서 사물함에 짐을 정리하고, 친구들과 만나서 수다를 떨어요. 숙제 못 한 친구들은 그 시간에 숙제를 하지요.
8시 20분에 수업이 시작하는데, 보통 8시 25분~30분에 선생님이 들어오세요. 수업은 45분씩 하고, 5분 쉬어요. 오전에 두 시간 수업하고, 30분 동안 오전 간식을 먹어요. 샌드위치, 요구르트, 과일, 말린 과일, 오트밀, 시리얼 같은 것을 줘요. 특히, 과일은 거의 매일 먹을 수 있어요. 간식을 먹고, 3~4시간 수업을 더 해요. 그리고 우리 반 친구들 모두 같이 점심을 먹어요. 학교 안에 있는 급식실에서 식사를 하는데, 그때 담임선생님이 바뀌어요. 그러니까 두 명의 담임선생님이 있는 셈이죠. 담임선생님과 부담임선생님. 물론, 영어나 체육, 음악 선생님은 따로 있고요. 점심은 옥수수밥, 샐러드, 돈가스, 수프랑 케이크 등 다양하게 나와요. 제 입맛에는 딱 맞아요. 급식을 싫어하는 학생들도 많아요. 전교생이 다 점심을 먹지만, 식사 시간이 다 다르고, 급식실도 꽤 크기 때문에 별다른 문제는 없는 것 같아요. 점심을 먹은 뒤에는 여러 가지 활동을 할 수 있어요. 유도, 춤, 노래, 악기, 축구, 농구 등 아주 다양해요. 하지만 저는 별다른 활동을 하지 않고 그 시간에 숙제를 하고 3시에 귀가해요. 작년에는 춤 동아리에서 여러 가지 춤을 배웠는데, 이제 흥미를 좀 잃었어요. 그리고 집에 가기 전에 간식을 한 번 더 먹어요. 그러니까 오후 3시까지 학교에 있게 되면, 점심을 먹고, 간식을 두 번 먹게 되죠.

아빠는 "과일은 거의 매일 먹는다"는 딸의 말이 가장 마음에 들었다. 학교에서 학생들에게 과일을

챙겨준다니. 그것도 오전에 말이다.

왕따는 없지만!

한 반에 학생은 얼마나 되나요? 외국 학생들도 좀 있나요?

한 반에 열아홉 명에서 스무 명 정도 되는 것 같아요. 5학년은 두 반이 있는데, 그래서인지 두 반이 한 반처럼 모두 친하게 지내는 편이에요. 우리 반에는 세르비아에서 온 안젤라 그리고 한국인인 저, 또 러시아 친구도 곧 전학 올 예정이에요. 옆 반에는 터키, 에티오피아, 세르비아 친구들이 있어요. 아랍에서 온 친구도 있고, 엄마가 미국인인 친구도 있어요. 그러니 참 다양한 국적의 친구들이 함께 공부하는 셈이에요.

그럼 친구 사이에 별다른 문제는 없나요?

왜 없겠어요. 대부분은 두루두루 친하게 지내려고 하지만, 몇몇은 다함께 친하게 지내자는 의견에 반대해요. 자기보다 잘난(?) 사람들과는 놀기 싫다는 이유로 그런 친구들이 있어요. 좀 이상하죠?

그럼, 슬로베니아에도 '왕따'가 있는 건가요? 혹시 '왕따'를 당한 경험이 있나요?

왕따까지는 아니에요. 그냥 좀 피하는 정도라고 할까? 그런 일로 가끔 힘들어하는 친구들이 있는데,

그러면 다시 다른 친구들이 친하게 지내려고 해요. 물론, 다시 또 사이가 벌어지긴 하지만요. 한국에 비하면, 아무것도 아니에요. 왕따가 없다고 해도 될 정도예요. 저도 친구들과 잘 지내고 있어요. 한국에서 초등학교 1학년 때 잠시 왕따를 당한 적이 있는데, 여기선 전혀 그런 적이 없어요.

수업 시간은 비슷하지만!

슬로베니아 초등학교에서는 어떤 과목을 배우나요?

한국과 비슷해요. 슬로베니아어, 수학, 체육, 사회, 과학, 생활, 영어, 음악, 미술, 선택 과목이 있어요. 생활은 예절, 가족 관계 같은 것을 배우는 과목이고, 선택 과목이 있는데 그 시간에는 프랑스어나 컴퓨터 아니면 체육을 선택할 수 있어요. 저는 체육을 선택했는데, 아무것도 선택하지 않아도 괜찮아요.

가장 좋아하는 과목을 말해주세요.

미술과 체육. 미술은 제 느낌과 생각을 더욱 자유롭게 표현할 수 있어서 좋아요. 그리고 친구들과 이야기하면서 작업할 수 있고요. 체육은 나가서 노니까 좋아요. 자유시간을 많이 주세요. 특히 눈이 오면 눈싸움을 할 수도 있고, 눈사람을 만들 수도 있어요. 비가 오면 교내 체육관에서 놀 수 있고요.

싫어하는 과목 혹은 어려운 과목이 있나요?

과학이요. 싫지는 않지만 너무 어려워요. 과학에 어려운 말들이 많이 나오잖아요. 저는 일단 단어들을 다 외워야 하고 외운 단어들의 뜻을 이해해야 하는데, 그게 좀 어려워요. 아마 한국어로 했어도 어려웠을 거예요. 하지만 싫지는 않아요.

슬로베니아어 수업은 어떤가요?

물론, 쉽진 않아요. 다들 슬로베니아어가 어렵다 어렵다 하는데, 쉽진 않지만 다른 과목보다는 쉬운 편이에요. 다른 과목은 슬로베니아어를 기본으로 알고, 또 공부를 해야 하지만 슬로베니아어는 그럴 필요는 없거든요. 슬로베니아어는 어려운 말이지만, 주변에서 친구들, 선생님이 많이 도와주기 때문에 덜 힘들어요.

슬로베니아 학교와 한국 학교를 비교해줄 수 있나요?

대부분 비슷해요. 배우는 과목도 비슷하고, 학생들도 비슷하고 그런데 공부 스트레스가 좀 다른 것 같아요. 이상하게 한국 학생들이 공부를 더 열심히, 많이 하는 느낌이 들어요. 참, 슬로베니아에서는 학교에서 무언가를 더 많이 먹어요! (하하하.)

둘(한국 혹은 슬로베니아) 중 한 곳을 선택해야 한다면 어디서 공부하고 싶나요?

대답하기 곤란한 질문인데요. 패스하겠습니다.
끝으로 기억에 남는 슬로베니아 선생님이 계신가요?
그렇다면 그 이유는?
지금 저희 담임선생님이신 브루나Bruna 선생님이
역시 최고이신 것 같아요. 슬로베니아 3학년,
4학년 선생님들도 모두 좋으셨고 특히 제게
잘해주셨는데, 브루나 선생님은 좀 특별하세요.
유머 감각이 있으세요. 수업 시간을 늘 즐겁게
해주세요. 그리고 모르는 것에 대해 한 단어,
한 단어 아주 친절하게 대답해주세요. 마음의 여유가
느껴져요. 학생들을 쉽게 이해시키는 방법을 아시는
것 같아요. 그래서 브루나 선생님을 뵐 때마다
동의초등학교 2학년 담임선생님이 생각나요.
그분도 제게 너무 좋은 선생님이셨거든요.

*마지막 말을 하고 난 뒤, 딸의 얼굴이 사뭇
진지해졌다. 아빠는 딸의 그 진지한 얼굴을 보며
마음이 짠했다. 외국어만 공부하기에도 힘들 텐데,
외국어로 다른 것을 공부한다는 것이 얼마나 힘든
일인지 알기 때문이었다. 그리고 딸을 사랑해준 모든
선생님께 고맙다는 말을 충분히 하지 못한 것 같아
가슴이 쓰렸다.*

Epilogue.

'아빠 공주' 따님께

따님!
평소에는 절대 '공주님'이라고 부르지 않지만, 오늘은 특별히 그렇게 불러드리겠습니다. '아빠 공주' 강.태.희. 따님!
접니다. 따님의 보잘것없는 아빠, 강.병.융. 항상 버릇도 없이, 겁도 없이 "태희 님은 누구 따님이십니까?"라고 확인하려는 바로 그 남자.

처음 따님께 함께 책을 써보자고 제안했을 때, 황당해 하시던 따님의 얼굴이 생생히 기억이 납니다. 따님은 '또, 장난치네!'라는 표정으로 저를 보셨습니다. 제가 재차 진지하게 말씀을 드리자, 너무 힘들 것 같다고 도망을 가셨습니다. 하지만 막상 시작하자, 너무도 진지하게, 너무도 열심히 잘하셨습니다. 한 자, 한 자 쓰면서 따님이 진정성을 느낄 수 있었습니다. 한 장, 한 장 쓰면서 따님의 바다와 같은 사랑은 몸소 느낄 수 있었습니다. 진정 축복받은 시간이었습니다.

가장 놀라웠던 것은 공동 작업을 통해 따님을 더 잘 알 수 있었고, 저 자신도 다시 돌아볼 수 있었다는 것입니다. 따님께서 행하신 일, 건네신 말씀을 떠올리고, 또 읽으면서 '(내가) 한없이 부족했구나!'라는 생각을 했습니다. 저는 정말 부족한 아빠였습니다. 하지만 다행인 것은 앞으로도 따님의 아빠로 살아갈 날들이 많이 남았다는 사실입니다. 더욱 노력하겠습니다.

고맙습니다. 따님.
같이 일하면서 힘들고, 짜증도 나고, 도망도 가고 싶으셨을 텐데,
꾹 참고 열심히 해주신 점 잘 알고 있습니다.
따님이 정말 자랑스럽습니다.

따님, 제 바람은 우리가 쓴 이 책을 사람들이 읽고,
자신의 아들딸들을 부둥켜안고 싶어 집으로 달려갔으면 하는 것입니다. 또 독자들이 부모님들과 멋진 추억을 만들고 싶다는 생각을 했으면 좋겠습니다.

따님, 고맙습니다.
따님을 '내 딸'이라고 부를 수 있어 참 행복합니다.
아시죠? 사랑합니다. 사랑해도 너무 사랑합니다.

2016년 3월 류블랴나에서
강병융

추신. 책을 함께 만들어주신 분들께도 감사의 말씀 잊지 않고 전하겠습니다.

사랑해도 너무 사랑해

네 인생이 너에게 최고의 놀이였으면 좋겠다

초판 1쇄 인쇄 2016년 3월 22일
초판 1쇄 발행 2016년 3월 31일
저자 강병융, 강태희
펴낸이 이준경
편집이사 홍윤표
편집장 이찬희
편집자 이가람
디자인 정미정
삽화 Fab
마케팅 이준경
펴낸곳 지콜론북
출판 등록 2011년 1월 6일 제406-2011-000003호
주소 경기도 파주시 문발로 242 파주출판도시 (주)영진미디어
전화 031-955-4955
팩스 031-955-4959
홈페이지 www.gcolon.co.kr
페이스북 @g_colon
트위터 /gcolonbook
인스타그램 @g_colonbook

ISBN 978-89-98656-56-0 03810
값 14,000원

• 이 도서의 국립중앙도서관 출판시도서목록(CIP)은 서지정보유통지원시스템 홈페이지(http://seoji.nl.go.kr)와 국가자료공동목록시스템(http://www.nl.go.kr/kolisnet)에서 이용하실 수 있습니다. (CIP제어번호 : CIP2016007164)

• 잘못된 책은 구입한 곳에서 교환해 드립니다.
• **지콜론북**은 예술과 문화, 일상의 소통을 꿈꾸는 (주)영진미디어의 문화예술서 브랜드입니다.